鳴響雪松 7　Энергия жизни

生命的能量

目次

1 具創造力的思想

人類的生命！到底由何人或何物決定？為什麼有些人可以成為帝王、統帥，有些人卻在垃圾堆中撿破爛呢？

一說是每個人的命運從出生起便已註定。照這樣說，人類不過是某種體制之中一個微不足道的螺絲，而非神精心安排的創造。

有另一說是，人是自給自足的創造，體內含有所有宇宙能量而毫無遺漏。

但有一種是人類特有的能量，稱為「思想的能量」。如果人類明白自己擁有什麼，並能學習如何充分運用，就能成為全宇宙的主宰。

以上兩種互斥的定義究竟何者為真？

為了深入瞭解，以下引述一則幾乎快變成笑話的古老寓言。

有一個對生命無望的人跑到近郊的樹林，高舉雙手、握緊拳頭，對神大喊：

「我活不下去了，祢的世俗社會充滿不公不義和各種亂象，有些人在城市裡開著名貴的汽車、去餐廳吃飯，有些人卻在垃圾堆中撿破爛。就以我為例，我甚至沒錢買雙新鞋。如果祢——神——公平待人，如果祢真的存在，那就讓我中樂透頭獎吧。」

此時天上的雲朵散開，露出一道和煦的光線，輕柔地照著那位大喊的人。天上傳來平靜的聲音：

「我親愛的兒子，請你冷靜。我已經準備好要完成你的要求。」

那個人非常開心，笑容滿面地走在路上，開心地看著商店的櫥窗，想像要用樂透獎金買哪些商品。

一年過去了，他沒贏到任何錢，所以覺得神在騙他。

失望透頂的他走進樹林，站在上次神對他承諾的地方大喊：

「神啊，祢沒有履行承諾，祢騙我。我等了一整年，想著要用贏來的獎金買哪些東西。可是一年過去了，我什麼錢都沒贏到。」

「噢，我的兒子。」天上傳來難過的聲音，「你想靠樂透賺到很多錢，那為什麼你一整年沒買過半張彩券呢？」

很多人聽過這則簡短的寓言（或者說笑話），都會嘲笑那個不幸的主角。「為什麼他不知道，想要實現夢想、中樂透，至少得先買一張樂透彩券呢？這個人連最理所當然的一步都沒去做。」

寓言本身或內容是否真實在此並非重點，重要的是我們對寓言內容的看法。

大家會笑那個腦袋不靈光的人，無非代表他們直覺相信（或者下意識認為），自己的未來不是只由某個崇高的力量或神的旨意決定，也能操之在己。

現在就請各位試著分析自己的人生，您是否做到實現夢想所需的一切條件呢？

我敢大膽且非無憑無據地推斷，只要希望夢想成真的人跨出第一步並持之以恆，就算聽起來再不切實際或天方夜譚，夢想一定都會實現。

這樣的推斷能用眾多實例佐證，以下便舉一例。

2 英國爵士的新娘

某天，我在弗拉基米爾城的一座小市場時，碰巧目睹顧攤的少女和一位酩酊大醉的男顧客起了衝突。

少女在賣香菸，但顯然剛來上班不久，對攤販販售的商品不甚熟悉，經常搞錯香菸的品牌，所以服務動作很慢。攤販前方排起隊來，共有三個人，最後方醉醺醺的男子開始對少女咆哮：

「不能再快一點嗎？笨手笨腳的！」

少女的臉頰立刻紅了起來。幾位路人停下腳步，看著動作遲鈍的攤販少女。酒醉的男子持續不客氣地大吼大叫。他想買兩包普瑞瑪香菸，但排到他時，少女卻拒絕替他服務。她雖因困窘而雙頰紅潤，而且明顯止不住淚意，卻仍告訴眼前的顧客：

「您講話太羞辱人了，我拒絕服務您。」

男子起初被她突如其來的舉動嚇到，隨後才轉身對著聚集圍觀的人潮，激動地說出更羞辱人的言論：

「各位快來看看這個輕浮的蠢妞啊！妳結婚後，如果丈夫看到妳像隻呆頭鵝在廚房裡笨手笨腳的，一定會罵得更兇咧。」

「我不會允許丈夫這樣羞辱我。」少女回答。

「妳以為妳是誰？不過是個愛擺架子的蠢妞。」喝醉的男子罵得更兇、更大聲。「她竟然說不會允許丈夫，妳是打算嫁給英國的爵士嗎？」

「嫁不嫁給爵士，與您無關。」少女簡短地回答後轉頭。

衝突越來越激烈，誰也不肯讓誰。常逛這座小市場的民眾早已在旁聚集圍觀，有人開始嘲笑區區一個顧攤的少女，竟想嫁給英國的爵士。

隔壁攤販的少女走了過來，默默地站在朋友身旁不發一語。

兩人靜靜地站著，看起來都是高中畢業不久的少女。眼前圍觀的民眾議論紛紛，批評她們放肆又目中無人。

大部分的人都在嘲笑她異想天開地想要嫁給爵士，諷刺她高估自己的外表和機會。

這起衝突後來由一名年輕男子——市場攤販的主委——化解。他來的時候，先用嚴肅的語氣要求少女把香菸賣給顧客，但在聽到少女拒絕後，立刻想出所有人都滿意的辦法。他從口袋拿出錢，對著攤販的少女說：

「老闆娘，請您行行好，如果不麻煩您的話，請賣我兩包普瑞瑪香菸。」

「沒問題。」少女回答，同時把香菸拿給他。

年輕男子接著把香菸遞給那名男顧客，衝突就此解決，群眾隨之散去。這個故事還有後續，而且讓人出乎意料。

我每次到那座市場買東西時，都會不禁注意兩位顧攤的少女。她們像其他資深的小販一樣熟練，同時卻與他們有很大的不同。她們身材勻稱，服裝樸素而整齊，臉上沒有過濃的妝，動作也比其他人優雅許多。她們在市場工作將近一年，卻突然同時不見蹤影。

半年後的夏天，我在同座市場看到一名高雅的年輕女子沿路逛著水果攤。她高傲的儀態和昂貴的時尚穿著使她脫穎而出，讓人印象深刻。她的身後還跟著一位體面的男子，提著裝有各種水果的籃子。

我發現這位引起男人注目、女人嫉妒的年輕女子，正是當初香菸攤販少女的朋友。

我走近向這對年輕的夫婦解釋自己為何如此好奇，主要是說給夫人身旁提高警覺的另一半聽。年輕女子最後認出我來，我們坐在咖啡廳的露天座位。名叫娜塔莎的她向我娓娓道來這一年半以來的際遇。

「卡嘉那天在眾多市場常客的面前與顧客發生衝突之後，我們決定辭職，不想成為他們的笑柄。您應該還記得她當時說要嫁給英國的爵士，大家還嘲笑她。我們知道，他們肯定還會一直笑、對我們指指點點。

「但我們四處找不到工作，我們才剛高中畢業，也沒考上大學。呃，其實是我的成績普普通通，但卡嘉的成績幾乎都拿滿分，高分通過考試，卻仍然上不了大學。政府減少了大學公費的名額，而她又沒有能力負擔學費，因為媽媽賺得不多，她又沒爸爸。最後，我們才在市場顧攤維生，別的地方都找不到工作。

「我們一邊工作，一邊準備要在隔年入學，但就在市場與人起衝突的一個星期後，卡嘉突然對我說：『我要好好準備，讓自己配得上英國的爵士。妳想和我一起努力嗎？』

「我以為她在開玩笑，沒想到她不是說說而已。她在學校就這麼倔強了。

「她去圖書館找到專為貴族女子設計的課表，改成符合現代的版本。我們開始瘋狂地按照卡嘉的課表練習。

「我們學跳舞、體操，讀英國歷史、英文，模仿高雅的言行舉止。為了能與知識份子討論，我們開始看政論節目。甚至在顧攤時，我們也會假裝自己身在貴族的聚會，想讓儀態更自然些。

「賺到的錢都沒花在自己身上，我們甚至為了省錢不買化妝品。我們要把存到的錢拿來訂做服裝、支付去英國的旅費。

「卡嘉說，英國的爵士才不會來弗拉基米爾城逛這種小市場，所以我們得親自去英國一趟，那邊的機會大多了。

「我們跟著旅行團去了英國，兩個星期很快就過去了。您也猜得到，當然沒有英國的爵士認識我們，或者帶我們四處看看。我已經完全不抱希望了，後來只是一直陪著卡嘉。但卡嘉仍不放棄，非常倔強。她總是盯著英國人的臉看，想找她的另一半。我們還去夜店兩次，但沒人邀請我們跳舞，一次都沒有。

「回國的那一天，我們準備從飯店走去搭機場巴士，卡嘉卻仍滿懷期望地四處張望。我們走下階梯時，卡嘉突然放下行李，看著旁邊說：『他來了。』

「我看到一名年輕男子從人行道往飯店門口走來，一副若有所思的樣子，沒有注意到我們。不出我所料，他走到與我們同一層階梯時，完全沒看卡嘉一眼便擦身離去。

「而卡嘉竟然做出蠢事，突然大聲地叫住他。

「年輕男子回頭看著我們，卡嘉緩慢而堅定地走向他，用英文跟他說：『我叫卡嘉，從俄羅斯來，現在要和旅行團一起坐巴士去機場了。我走到您面前……我感覺得到，我能成為一個很好的太太。我還沒愛上您，但我可以愛您，您也會愛上我的。我們會有很棒的孩子，一個男孩和一個女孩，我們會很幸福。如果您現在願意的話，可以送我到機場與我道別。』

「年輕的英國男子表情非常嚴肅，沒有回答半句話，顯然被她突如其來的舉動嚇到了。他接著說自己得開重要的會，祝我們一路順風後便離開了。

「搭車前往機場的路上，卡嘉始終靜靜地看著窗外，我們倆沒說任何話。我和卡嘉非常尷尬，剛才在飯店門口的情形都被同行的旅客看到了。大家開始嘲笑卡嘉，對她議論紛紛，我都能感覺到自己的皮膚在發抖。

「然而，抵達機場、走下巴士時，卡嘉卻看到那位年輕的英國男子捧著一束大大的鮮花迎接她。

「她把行李放在地上——不，她是直接丟在地上，花束也沒拿，直接投入他的懷抱，哭了起來。

「花束從男子的手中散落一地，我和同行的旅客幫忙撿花，而他們繼續抱著。男子摸著卡嘉的頭髮，旁若無人似地一直對她說自己有多愚蠢，竟然差點讓命運從手中溜走；還說如果他沒趕上，一定會後悔一輩子。他不斷感謝卡嘉找到了他。

「後來班機延誤了，我不能告訴您原因，但是我讓班機延誤的。

「那名英國男子原來出身英國外交官世家，未來也預計外派大使館工作。

「我們回到俄羅斯後，他每天都會打給卡嘉聊得很久。卡嘉現在人在英國，而且懷有身孕。我想他們真的很愛對方，我現在也相信一見鍾情了。」

娜塔莎講完這段令人不可思議的故事後，對著同桌的另一半露出笑顏。我問他們是否認識很久了，年輕男子回答我說：

「我也在同個旅行團裡。英國男子的花掉到地上時，我幫娜塔莎撿花，現在則在後面幫她提水果。比起英國爵士，我們算什麼！」

娜塔莎把手輕輕地放在另一半的肩上，面帶微笑地說：

「比起你們俄國男人，他們算什麼！」

這位幸福的少女接著轉頭對我說：

「我和安德烈結婚一個月了，現在回來看父母。」

＊＊＊

看完兩位少女的故事後，很多人可能會覺得她們只是一時幸運，並非常態。但我相信這絕對是常態且典型的例子，我更敢確定其他女孩如果追隨卡嘉和娜塔莎的行動，絕對也能碰到類似的際遇。情況當然因人而異，或許對象的名字、個性或夢想成真的時間不同，但類似的情況早已決定好了。是誰決定？正是少女自己、她們的思考方式和後續的行動。

你們自己判斷，卡嘉先有夢想（或者說目標）：嫁給英國人。促使她有此夢想的原因並非重點，可能是市場的環境讓她不滿，可能是平常喝醉的顧客和他們魯莽的行為，也可能是那位顧客的譏笑怒罵。

不管如何，她有了夢想，但那又怎樣？很多少女都想嫁給開著白色賓士的王子，最後還不是嫁給凡夫俗子。多數人的夢想都沒能成真。

這點我當然同意，但夢想之所以沒有成真，正是他們的行為所致，或更精確地說，是對夢想毫無作為。就像樂透彩券的笑話一樣：主角想中樂透，甚至請神幫忙，自己卻連基本的行動——至少買一張樂透——都沒做。

兩位少女付出行動，依照一定的順序實踐：夢想、思考、行動。這個順序只要拿掉任何一步，兩位少女的命運就會截然不同。

3 命運操之在己

人類的命運！很多人覺得命運是由上天安排，但上天早已把宇宙最強的能量給了每個人。這種能量可以決定主人的命運，還能創造新的銀河。這種能量就叫「人的思想」。

光知道怎麼回事遠遠不夠，還必須意識並感覺到這個現象。

我們對此有多大的意識、感覺和瞭解，攸關宇宙機制的奧祕和奇蹟（精確地說——自然現象）能在我們眼前開展的程度。

唯有意識並接受思想的能量，才能讓自己和愛人的生命更幸福。幸福才是人在世上應有的生活。

因此，我們必須承認以下無庸置疑的結論。

第一，人類是會思考的生命體。

第二，**思想能量的力量在宇宙中無可匹敵：我們看到的萬物（包括我們），都是從思想**

的能量而來。

這裡可以列舉無以計數的物體來證明：從原始的石錘到太空船，每種物體的出現都是先有思想。

想像力在我們看不到的空間創造物體。在實體還未成形之前，雖然我們看不見，但並不表示物體不存在。它已在想像的空間被創造出來，這過程比後來化為實體更為重要。

太空船先從一個或多個人的思想而來，我們雖然還看不到、摸不到，但它已經存在！先在一個我們看不見的次元，接著化為實體，出現肉眼看得見的外形。

建造太空船的過程中，哪一個環節比較重要？發明者和設計師的思想，還是按照藍圖細節施工的工人？在這個例子中，身體力行當然重要，但首要的還是思想。

實體的太空船難免會遭遇重大意外，背後原因絕對不是某個零件故障，而是當初設計的思想不夠清楚。簡單來講，就是思慮不周。

思想可以預見任何意外，沒有什麼情況是思考時無法預見的。然而，各種意外和亂象卻仍發生，為什麼？這是因為急於將思想化為實體，沒有思考透徹。

由此可知，只要獨立思考一下，大家應該都能接受一個毫無爭議的結論：地球上任何時間創造出來的物體，都是思想化為實體的結果。

我們現在必須意識到，一生的所有際遇，包括生命本身，都是先在思想中成形。我們看得到的生物世界，包括人類自己，最初都是由神的思想創造而成。人和神一樣，都能用思想創造新的物體，以及自己的生命際遇。

如果思想能力不全，或者受到某個原因影響，而無法自由地發揮思想原本的能量和速度，生命就會受到他人的思想左右，可能是親人、朋友或整個社會。

但在這種情況下，生命際遇仍是先由人的思想而來。如果扼殺或封閉自己的思想，臣服於他人的思想意志，罪魁禍首就是自己。成敗已經交由他人決定。

我剛才說的能用無數個生活的實例證明。想想看，人在成為知名藝術家前會做什麼？相當然耳，先有夢想，接著構思達成夢想的計畫，最後採取行動，像是業餘創作、參加正規課程，或者進劇場、電影工作室或音樂廳工作。

有些反對的人可能會說，人人夢想成為首屈一指的藝術家，但只有少數人成功，其他人被迫在其他與藝術無關的領域工作，所以除了夢想，還要有才華。沒錯，但才華也是由思想的力量而來。

那麼體力和天賦呢？當然也很重要，但思想不會笨到讓沒腳的人去上芭蕾舞學校。

讀者可能會想這怎麼可能：如果所有事情，甚至職業和幸福的生活，都是由自己的思想決定，那麼所有人都能擁有名聲和財富，不會有人過著慘澹的生活，在垃圾堆中翻找食物了。

接著就來談談「垃圾堆」的字面意義。

4 垃圾堆中的思想

我的做法如下：刻意蓄鬍、弄亂頭髮、向認識的油漆工借一件舊工作服來穿，然後拿著塑膠袋和棍子走到某座垃圾場。我用棍子翻找垃圾，找到幾瓶空瓶子放進袋子，接著往隔壁大樓的垃圾場走去。我的做法奏效了，在第二座垃圾場翻找十分鐘後（最多不超過十五分鐘），我就差點被一名手持鐵棒的男子攻擊：

「不要碰不屬於你的東西。」他以一種不容回嘴的語氣說。

「所以這裡是你的地盤？」我冷靜地詢問，後退幾步，同時把裝著瓶子的袋子給他。

「不然是誰的？」他的語氣不再那麼兇狠，拿走我的袋子開始翻找裡面的垃圾，完全不看我一眼。

「那你可以帶我去沒有人的垃圾場嗎？」我問完後又說：「我會幫你帶喝的。」

「那要純的。」垃圾場的地下主人轉頭看我。

我到商店買了一瓶伏特加和一些零嘴，在喝酒時慢慢與他認識。帕維爾和我分享「這一行」的祕訣，而且還不少。

做這行的必須知道，什麼時候需要特別提防像我這種的「不速之客」入侵地盤偷東西，特別是放假後很多人會把瓶子丟掉。還得知道哪種垃圾屬於有色金屬、如何蒐集、哪些業者會出比較高的價格收購玻璃和有色金屬，以及如何處理還能穿的廢棄衣物。

我試著換個話題。

帕維爾雖然能對政治和政府侃侃而談，但聊天的熱忱明顯少了許多。他的腦中只想著一件事，就是他的垃圾桶。

最後為了再確認一次，我提議了一件事情：

「我跟你說，帕維爾，附近有個男的在蓋房子，他冬天時要聘一位警衛，而且如果還要幫他蓋房子，他也願意多付你工資。他會提供食物，司機每個星期都會帶馬鈴薯、洋蔥和米來。你是個不錯的人選，他一定會雇用你。如果你願意，我們可以去找他談談。」

幾杯黃湯下肚後，我們不出所料地變成朋友。但他的心情突然大變，讓我感到十分訝異。帕維爾起初認真地思考了半分鐘，接著以不友善的眼神靜靜地盯著我半分鐘，最後才說：

「你是覺得我喝酒後就神智不清嗎？你還真是陰險，叫我去當警衛，你就能把我的垃圾桶佔為己有嗎？」

他竟然沒有問起警衛的薪水、住在什麼地方，還有如果想賺外快，實際得做哪些工作。他滿腦子只想著垃圾桶，想盡辦法保護垃圾桶，不讓別人奪走。

由此看來，這名男子引導自己的思想——總是覺得生存問題要用垃圾堆解決——然後依照這個思想行事。

還有很多例子可以證明這個無庸置疑的事實：所有物體、生命際遇和社會現象的出現，都是先有思想的能量。

人類可以透過自己的思想影響他人，這點可由古老的故事和寓言證明。阿納絲塔夏的祖父就曾說過人類思想的能量。

5 妻子變成女神

「是的，弗拉狄米爾，人類的思想擁有無法超越的能量。這種能量的許多創造結果常被當作是種魔術，或被視為某種至高力量創造出來的奇蹟。

「就以有神奇力量的聖像為例，為什麼這種東西會突然出現神奇的力量？為什麼一小塊木板在親手畫上聖像後，就會立刻出現神奇的力量？這是因為繪製這種聖像的人把充足的心理能量注入其中，後來看著聖像的人又再加入自己的能量所致。有人說這種聖像受到人的『加持』，但也可說是『注入人類大量的思想能量』。

「以前的聖像畫家知道這種偉大的能量有何特性，作畫前都會先行禁食，清除身體不潔淨的東西，進而增強思考。他們接著進入超然的狀態，將能量集中在一件事情上，也就是繪製聖像。完成後，他們還會看著聖像好一陣子，奇蹟就有可能在這時出現。

「他們可能會看到異象或各種天使，但要記得，人只會看到自己所想的事物，只會看到自己相信的畫面。

「舉例來說，基督徒只會看到他們的聖人，穆斯林也是如此。這是因為他們看到的事物，都是自己或集體思想的投射。

「不過一千五百年前，就有人瞭解人類思想能量的特性和力量，並流傳了與此有關的寓言。我可以跟你分享其中一則，你想聽嗎？」

「想。」

「我會把古代的用語翻成現代的文字，把以前出現的東西換成現代的物品，讓你更容易明白其中的寓意。不過你先告訴我，現在結婚超過一年的男人都是怎樣？回家後都在做什麼？」

「嗯，如果不喝酒的話，現在很多男人都是坐在電視前，讀報紙或看電視。如果妻子要求，還會去倒個垃圾。」

「那女人呢？」

「女人一定都在廚房準備晚餐，飯後再洗碗。」

「明白了，這樣我比較好把古代的寓言換成現代的場景。」

＊＊＊

從前有一對平凡的夫婦，妻子名為愛蓮娜，丈夫叫作伊凡。

丈夫每次下班回家後，都會坐在躺椅上看電視、讀報紙，他的妻子愛蓮娜則準備晚餐。她把晚餐拿給丈夫時，都會抱怨他從不做家事、錢又賺得少……伊凡受夠了妻子的抱怨，但未魯莽地回應，只是在心裡想：「她自己才是沒用的懶鬼，還敢對我頤指氣使。她結婚前跟現在根本判若兩人，當初美麗又溫柔。」

某一次，妻子嘮嘮叨叨地叫伊凡倒垃圾，他百般不願地離開電視、走到庭院，回來時停在門前，心裡對著神說：

「神啊，神啊！看看我活得真慘！難道我的餘生都要跟這又醜又嘮叨的老婆度過嗎？這根本不是生活，簡直就是折磨了啊！」

伊凡忽然聽到神小聲對他說：

「我的兒子啊，我可以替你減輕痛苦。我會讓你的妻子變成美麗的女神，但如果鄰居看到你的命運在一夕之間改變，肯定會嚇一大跳。不如我們這樣做吧：我慢慢改變你的妻子，在她的體內注入女神的氣息、美化她的外表。但你要記得，如果想與女神生活，你也要讓自己的生命配得上女神才行。」

「神啊，謝謝祢。只要是男人，都會願意為了女神改變的。祢只要告訴我，祢什麼時候會開始改變我的妻子？」

「我現在就會稍微改變她，每分每秒都讓她變得更好。」

伊凡走進屋裡，坐在躺椅上，拿起報紙，又把電視打開，但他心思不在報紙和電視，而是等不及想看妻子是否變了，哪怕只有一點也好。

他站起身，打開廚房的門，單肩靠在門邊，專心地看著妻子。她正背對著他，在洗晚餐的碗盤。

艾蓮娜忽然感覺有人看她，轉頭看向門邊，與丈夫對視。伊凡繼續看著妻子，心想：「沒有呀，我的妻子什麼都沒變。」

艾蓮娜看到丈夫不尋常的眼神，不明白這是怎麼回事。她忽然梳了一下頭髮，雙頰泛起紅暈地問：

「伊凡，你怎麼一直看著我？」

丈夫不知道該說什麼，困窘地脫口說出：

「我來幫妳洗碗吧？我突然就想……」

「洗碗？你要幫我？」訝異的妻子小聲地回問，同時脫掉髒兮兮的圍裙，「我其實已經洗完了。」

「天啊！她在我眼前改變了。」伊凡心想，「她突然變美了。」

他幫忙擦起碗盤。

隔天下班後，伊凡迫不急待地衝回家，等不及看到嘮叨的妻子慢慢變成女神。

「她變得很像女神了嗎？可是我什麼都沒變。不管怎樣，我應該買幾朵花送她，才不會在女神的面前丟臉。」

伊凡一打開家門，立刻被迷得不知所措。艾蓮娜穿著晚宴服站在門後，而且正是他去年買給她的那件。頭髮梳得整齊、綁上髮帶。他驚慌失措而尷尬地拿出花束，眼睛卻離不開艾蓮娜。

她接過花束，驚呼了一聲，眼神垂下，雙頰紅了起來。

「哇，女神的睫毛真是漂亮！看起來如此嬌柔！內在和外在都出眾！」

接著換伊凡驚呼一聲。他看到餐桌擺著餐具、兩根點燃的蠟燭、兩個高腳杯，以及香氣只應天上有的菜餚。

他坐到桌前，艾蓮娜在他對面坐下，卻突然跳起身說：

「對不起，我忘記幫你開電視了，但我把今天的報紙拿來了。」

「別管電視，報紙我也不想讀了，每次都報一樣的東西。」伊凡誠懇地回答，「我比較想知道，明天星期六妳想怎麼過。」

艾蓮娜驚訝地反問：

「你呢？」

「我正好買了兩張戲院門票，但我想妳白天會想逛街，反正要去戲院，就先一起逛街，買件適合的禮服給妳吧。」

伊凡差點說溜嘴，把「適合女神的禮服」這個祕密講出來。他害羞地看著妻子，又驚呼了一聲。女神就坐在他的面前，她的臉龐洋溢著幸福，眼睛閃閃發亮，淺淺的微笑流露了一點疑惑。

「天啊，女神就是這麼漂亮！如果她每天都會變得更好，我能夠配得上女神嗎？」伊凡心想。忽然間，一個想法閃過他的腦海：「一定要……要趁女神在身邊的時候！我要問她，拜託她為我生孩子——我和美麗女神共同的孩子。」

「伊凡，你在想什麼？看你的表情，你在興奮什麼？」艾蓮娜問丈夫。

他興奮地坐在桌前，不知如何說出內心的祕密。請求女神生孩子，這不是開玩笑吧！神當初並未承諾這樣的禮物。伊凡不知如何把願望說出口，於是站起身來，抓著桌巾一角，臉紅地說：

「不知道……能不能……但我……想說……一直以來……我一直想和妳有個孩子，我美麗的女神！」

艾蓮娜走向丈夫，眼神充滿愛意，幸福的淚水滑過泛紅的臉頰。她把手放在伊凡的肩上，吐露炙熱的鼻息。

「啊，那天晚上真是美好！啊，多麼美好的早晨！那天簡直太棒了！噢，能跟女神生活太美妙了！」伊凡心想，一邊幫第三個孫子穿衣服、準備帶他散步。

＊＊＊

「弗拉狄米爾，你明白這則寓言嗎？」

「完全明白，神其實沒有幫伊凡，他只是聽到神的聲音。伊凡是透過思想讓妻子變成女神。」

「你說得當然沒錯，伊凡是靠思想創造幸福，讓妻子變成女神，同時也改變了自己，但神其實幫了伊凡。」

「什麼時候？」

「神將一切賦予世人的時候，神在深思人類的創造時，以及向第一個被創造出來的人解釋的時候。你還記得在《共同的創造》中，神說了什麼嗎？他說：『我的兒子，你是無限，你是永恆，在你裡頭，是你具創造力的夢想。』

「弗拉狄米爾，這些話至今仍然千真萬確，人人都有具創造力的夢想，問題只是這些夢想通往何處，以及神在世上的兒女擁有多強的思想和思想能量。」

6 你們的思想目前位於何處？

我就不再舉例讓讀者傷腦筋了，大家都可自己在生活中找出例子，證明有些情況是自己的想法造成，有些則是別人的想法所致。

為了清楚回答這個問題，我們先來談談最顯而易見的：一切先有思想。

我先前說過：一旦意識到這點，並且親身感受到了，宇宙的很多祕密便會在你的面前展開。首先要有清晰的創造想像。

神當初透過夢想——思想的能量——創造我們生活的世界，創造人類並給他們完全的行動自由。祂賦予每個人最強的能量，讓人能夠創造類似的世界，甚至比地球更完美的世界。

想要創造新的世界，或者完善現存的世界，人類必須追上神聖的思考速度。

然而，觀察一下現代人創造的世界，就會清楚看到那一點也不完美，遑論對生存造成巨大威脅了。由此可知，人的意識顯然正在退化，或更精確地說，思想的速度不如以往。

人類最初的思考速度與神聖的速度一樣。這是一定的，因為造物者——神——就和任何父母一樣，不可能會讓孩子比自己不完美。

究竟是哪種力量可以影響人類的意識，讓它倒退呢？如果有人擁有這種力量，想必可以超越人和神的思想能量，但地球內外都沒有這樣的存在個體。

要證明這點再簡單不過了：如果真有生物的思考速度快於人類，早就可以創造自己的世界，我們也能看到。

誤導、奴役人類思想的能量，只有人類的思想做得到。也就是說，有人的思考速度快於他人，並且渴望他人臣服於自己。他們能在特定的情況下達成這個目的。

現代的人類社會已向埃及祭司的後代俯首稱臣，這些祭司保存意象科學的知識，透過特殊的練習維持快速思考的能力，速度遠遠大過世上大多數人。

而且這種現象有很多情況可以證明。

有人能獨自對抗這些祭司。

我說的當然是西伯利亞的泰加林隱士——阿納絲塔夏。值得注意的是，她未靠一兵一卒或任何先進的科技，僅憑自己的思想力量，便做到許多實質的成果。

邁入新千禧年之際，人類開始走入美麗又神聖的文明。對我而言，這是一個不爭的事實。我想與讀者分享一些令人喜悅的消息。

我輾轉得知，若干獨立運作的學術團體不約而同地根據阿納絲塔夏創造的意象擬出了國家發展計畫。其中不僅包括擁有學位的專家，還有許多大學生。

這種計畫需要所有專家二至三年持續不斷地努力才能達成，但你們現在已經可以看到一些成果。

舉例來說，www.Anastasia.ru 網站上有一篇烏克蘭大學四年級學生的專題報告，內容描述如何依照阿納絲塔夏的祖傳家園概念去促進烏克蘭發展。俄國各行政區和獨立國協各國的人也常把未來聚落的章程草案寄給我們。

我沒有資格評斷這位烏克蘭學生的專題報告寫得好不好，但那是第一篇公開發表的文章，所以有其重要性。另外很重要的是，這些專家在擬定計畫的時候，不是受到誰的指示，而是內心的驅使。

再過不久，你們就能看到並討論他們的重要成果。我認為，這些計畫將來都能放在「國家理念」這個框架中交由全民討論。

我原本可把這些段落寫進前一本書，接續我與阿納絲塔夏祖父的對話，但我並未如此，我覺得時機過早。很多人都把阿納絲塔夏創造的現象視為幻想，或認為那接近虛構。

然而，我與祖父聊天之後，又知道了許多更不可思議的現象，比阿納絲塔夏先前給我看的還要神奇，這使得我另以全新的目光看待阿納絲塔夏。既然現在人類社會發生的事情逐漸能證明我在西伯利亞泰加林聽到的故事，接著我就和各位分享我和這位西伯利亞長者的對話吧。

7 我與阿納絲塔夏祖父的對話

對話發生在曾祖父離世的隔天。

一般來說，至親離世時，親人都會表達哀悼之意。阿納絲塔夏的祖父在父親臨終前，一直陪在他的身旁，如今變得孤身一人。我決定找他聊天，照例想要分擔他的喪父之痛。我大概知道他會在哪裡，於是走到鄰近的林邊空地找他。

阿納絲塔夏的祖父站在空地邊緣一動也不動，觀察並聆聽星鴉在樹上啼叫。他穿著蕁麻纖維織成的長衫，繫上不知什麼做成的腰帶，打著赤腳。

我知道泰加林的居民不會打斷彼此的思考，也漸漸明白這種溝通文化有很高的層次，代表著對他人想法的尊重。

過了一會兒，阿納絲塔夏的祖父轉身朝我走來。他走近時，臉上沒有悲傷的表情，反而一如往常地慈祥。

「你好。」他向我伸出手來，我們互打招呼。聊天的過程中，他都用現在常用的詞彙，甚至經常冒出俗語，有時還開開玩笑或調侃我，但絕不逾矩。他讓我覺得自己在和親人聊天，是我可以輕鬆談論任何話題的對象，甚至通常女人不在時才能聊的男性話題也行。

阿納絲塔夏的許多能力顯然遺傳自父母和祖先，當然包括親手將她拉拔長大的祖父。

這位灰髮蒼蒼的老翁雖然年過百歲，頭腦依然靈光、保持年輕活力。他究竟擁有哪些生命知識和能力？他和我講話都用非常簡單的詞彙，但我曾聽過他和他父親的對話，大半的詞彙我都沒聽過。這就表示，他和別人講話時，會出於尊重地使用對方能懂的詞彙和方式講話。

「嗯，那邊如何？我說的是你那邊的文明社會。有人開始甦醒了嗎？」祖父語帶玩笑地問。

「還不錯！」我回答，「阿納絲塔夏的構想引起許多專家的注意，許多團體開始依照她的提議規劃國家發展。這不只是在俄羅斯，其他國家也開始努力了。

「但還不知道她所說的所有美好景象，何時會在我們國家或其他國家成真。」

「全都成真了，弗拉狄米爾，主要的已經完成。」

「您說的『主要的』是什麼意思？」

「阿納絲塔夏想出了國家未來的意象，並以她一貫的細心執行，一分一毫都不馬虎，要把想法化為未來的現實。

「你和許多人將能見證美好的未來成真。

「她的思想能量強大得不可思議，空間中沒有力量可以匹敵。

「她的思想能量完美又具體，但最重要的是，別人的思想讓她累積更多力量，現在的她並非孤軍奮戰。

「你剛說各國有很多專家正在規劃國家發展，企業家開始建造她所想的家園，許多男女老少接受她的想法。這些人接觸了她的想法後，也展現出自己的思想。

「這些人的思想如果合而為一，可以讓空間充滿前所未有的力量，使得美好的未來成真。這個未來已經部分成真了。」

「但如果有人刻意干擾，不讓這個未來成真呢？像是現在統治世界的祭司群。如果大祭司開始干擾呢？」

「他不會干擾，反而還會幫忙。」

「為何您如此確定？」

「我聽過他的對話、看過他的想法。」

「什麼對話？怎麼看到的？」

「弗拉狄米爾，你應該已經猜到，我的父親就是六人祭司的一員吧。」

「我沒想過。」

「你應該猜得到的，雖然保持外在樸素、隱藏能力和潛力，是他們強大的重要因素。

「他們絕對不會像現在世界大國的領袖那樣炫耀先進武器。他們有能力引導這些領袖的思考，創造對應的情況，隨心所欲地將武器指向任何方向。但他們從不在他人面前炫耀。

「數千年來，他們背後主要的目標一直是和神對話。

「他們做事不怕天譴，因為他們知道，神給了每個人全然的自由，而且不會違背自己的承諾。

「他們控制人類、折磨人類，想讓神知道他們比眾人還有能力，世界文明的命運在他們手中。他們以為，這樣可以迫使神與他們對話。

「但始終沒有對話，而我們現在也知道了，神和祭司之間為何沒有對話。」

8 謝謝你們

小阿納絲塔夏出生後，在她還很小、不會走路，又沒有父母的時候，身邊偶爾會出現一顆光球。

我的父親和其他祭司一樣，對你們現代科學家視為神祕又難解的自然現象非常熟悉，卻對這顆強大的光球一無所知。

這個難以捉摸的能量能在空中瞬間化為小火花散開，又能迅速聚集成一團。光球發出的細長光線能在轉眼間將巨石或石頭化為灰燼。

這種光線又會照向爬在花瓣上的昆蟲，輕柔地碰觸牠們的腳，而不造成傷害。

但最重要也最難解釋的地方在於，這團強大無比的能量還會回應小阿納絲塔夏的感覺和渴望。也就是說，它本身也有感覺和思想。

只有人類才有完整的思想，但這顆光球不是人類，那它是誰？為什麼擁有人類獨有的感覺？它強大的力量和能力從何而來？

我跟你說過這個現象，你也在書中寫過阿納絲塔夏學習走路時，光球如何改變某個地方的重力場，以及如何發出數千道光線，去梳理小阿納絲塔夏金色的頭髮。

我的父親大概知道，這顆強大又有思考能力的光球是哪些力量的顯現，但從未說出口。假設需要證據。

阿納絲塔夏長大後，我們有一次聽到她和光球講話。實際上，都是她在講話，光球未發出任何聲音，只是透過行動回應小女孩說的話。

父親曾向阿納絲塔夏問過光球的事，她只是簡短地回答：「可以叫它『好』。」她的回答不足以解決父親的疑惑，但他也沒有追問下去，後來幾年亦是如此。

從阿納絲塔夏最初的回答就能知道，她無意定義這顆光球和它的行為。更有可能的是，她是用感覺體會它。但不知為何，我的父親很想知道發生在阿納絲塔夏身上的現象是怎麼回事。

自從光球第一次出現，父親便不再參與祭司群的活動，滿腦子都在想那顆神祕的光球。祭司都知道如何證明或推翻自己的假設：他們將假設以最精確的描述公諸於世，靜候大眾的反應和評斷，不去要求或命令他們發表意見。定義必須油然而生，透過感覺，而非光憑理智，這樣才最精準。

後來我在父親的要求下，向你描述阿納絲塔夏的童年，包括她與這個神祕現象溝通的事情。你在書中寫了下來，也沒有扭曲聽到的故事。更重要的是，你沒有加入自己的評論。我們興奮地等著讀者的回應。他們很快就有回應，而且不只是一般的口頭敘事，還有情感的迸發。大家開始談論或描寫父親多年來未說出口的假設，一個他沒有告訴其他祭司的祕密。

你曾出版讀者所寫的詩，他們不是受人之託而作，而是由感而發地書寫……我這就把一首詩的開頭唸給你聽：

在誕生的那天，
神出現了，
在祂親愛的小夏面前……

父親確定了自己的假設。那顆時不時與阿納絲塔夏溝通的光球不是別人，正是神的其中一個化身。

神有很多化身，每株小草都是祂的思想顯現。但在眾多化身之中，這顆光球就算不是主要的，一定也是最強大、最精華的，擁有理智和感覺的能量。

但之後發生了一件事……已經是在你寫完五本書、把她的話出版之後；確切來說，是在她以火劍刺穿黑暗空間般所迸發的情感說出「所有的惡端，準備迎戰吧。放過地球，過來攻擊我吧！」之後。

這句話從阿納絲塔夏的口中說出來，不僅是字面上的意義，你和其他人都能證明這點。這些惡端已經透過無形的能量，開始對阿納絲塔夏展開攻擊。

這裡開始出現一個個白色圓圈，小草枯萎而變白。阿納絲塔夏偶爾還會暫時失去意識，我們不知道該怎麼幫她。

我們的孫女未向我們求援。但正因為她沒有要求，我們知道這是她必須獨自面對的難題。

我們最近發現，朝她而來的攻擊越來越強，彷彿惡端在盛怒之下做出最後的搏鬥。

不過我們孫女也越來越堅強。最近攻擊一如往常地發生時，她只是抖了一下，便往湖邊走去。

湖水以某種方式快速恢復她的力量。她跳進水裡、潛入水中，出水後完全恢復力量。

那一天，我們看到她承受了又一波攻擊後，步伐沉重而小心翼翼地走到湖邊。

她停下腳步，靠著雪松樹幹休息。父親警覺地說：「孫女今天遇到的狀況很不尋常，她一定覺得很棘手。你看，她金色的頭髮有一撮變白了。」

接著我們看到阿納絲塔夏扶著樹幹起身，一步一步地走向湖邊，卻因為踉蹌又停了下來。

此時，那顆光球出現在她的面前，但這次內部的閃電不停地變色，彷彿火山爆發似的。突然間，多個看似帶火的箭急速射穿無形的外殼，傾巢而出後在空中消失。但光球並未因此縮小，反而越來越大。內部的能量漸漸聚集，翻騰得越來越激烈。光球並非在空中固定不動，而是像心臟一般快速地縮放。接著，光球忽然停止不動，似乎在做決定。數千道能量閃電開始往阿納絲塔夏的方向射去。

就在此時，虛弱的她勉強舉起手來。雖然我和父親全程目不轉睛地看著，一開始也沒發現她舉手。我們知道這個動作的意義：她在阻止朝她而來的閃電，但為什麼？我們當時摸不著頭緒。

我們知道光球可用能量為她恢復所有力量，甚至賦予新的能量，不讓孫女受到任何外來攻擊，但為什麼她決定單打獨鬥呢？

數千道朝她而去的光線抖了一下，尚未碰到站在原地舉手的阿納絲塔夏。有些光線消失在能量澎湃的球內，有些再次衝出球面、朝她而去，但依然沒有碰她。

忽然間，她緩緩而輕柔地對著光線和光球說：

「我求祢收回祢爆發的能量。別管我，我到祢的湖裡就能恢復了，現在只差走到那兒了。」

光球瞬間收回所有光線，彷彿一顆心臟不停地跳動，接著迅速地往上移動，如爆炸般閃爍了一下，然後再度收縮。

光球的無數道光線往下俯衝碰地，從阿納絲塔夏的腳邊一路衝到湖岸。

這時出現新的景象。從阿納絲塔夏腳邊到湖邊的小徑，開始出現數百萬種閃爍的顏色，還形成一道繽紛絢爛的彩虹。

這段通往湖邊的路變成一幅美麗動人的畫。

阿納絲塔夏的面前彷彿有一道凱旋門。

她跨出第一步，卻是往旁邊走，沒有走在光球為她準備的路上。她緩緩地走向湖邊，潛進水裡，浮起後敞開雙臂、在水面漂浮。她接著開始拍打出水花，又有力氣了。

阿納絲塔夏對光球的反應——其實是對神的反應——超出我們的理解範圍。

但接下來的情形可和全人類的意識轉變，或者宇宙能量的平衡改變相比。接下來是這樣的……

身體依舊濕漉漉的阿納絲塔夏直接穿上洋裝，細心地拉平衣服的皺褶並梳理頭髮，雙手放在胸前，對著空氣說：

「我無所不在的父親啊！我是在祢的完美創造之中的女兒。

「宇宙的元素爭論祢的創造是否完美、是否帶有缺陷，而我要終結這樣的爭論。

「我無所不在的父親啊！祢履行我的請求不碰我。

「現在他們無人可說，只有在神修正不完美的創造後，天堂樂園才會重返地球。

「但祢不需要修正任何地方，祢創造的萬物從一開始就是完美無缺。我無所不在的父親啊！我並非獨自一人，地球的個個角落都有祢的兒女。他們都有強烈的渴望，他們會將地球回復成美好又百花齊放的原初樣貌。

「我無所不在的父親啊！我們是祢的兒女。我們由祢創造而成，我們就是完美。

「我們要讓大家看見我們的能力，希望祢能為我們的行動感到開心。」

阿納絲塔夏說完後，懸在半空的光球往下俯衝，在距離她腳邊三公尺處變成數百萬個小火花，然後又在一瞬間聚集。

但這次不是變成光球。

阿納絲塔夏的面前出現一個年約七歲的孩子（依照地球的算法），無法判斷是男是女。孩子的肩上披著一件帶有紫色光澤的淡藍色布料，看起來像霧氣織成的。頭髮散落雙肩，臉上散發智慧、自信和慈祥……

確切來說，孩子臉上的表情實在無法言喻，只能透過充滿我們靈魂的感覺體會。

孩子赤腳站在草地上，但未踩到任何小草。

阿納絲塔夏在祂面前坐了下來，在草地上目不轉睛地看著祂不可思議的臉龐。

祂或阿納絲塔夏似乎下一刻就要擁抱對方，但這沒有發生。

孩子對著阿納絲塔夏微笑，謹慎地說出每一個字：「謝謝你們的渴望，我的兒女。」

祂隨後在空中消散，光球再次出現，散發前所未見的愉悅光芒。光球快速地在湖水上方盤旋數圈，接著下起溫暖的雨水，撫慰地上生長的萬物和平靜的湖面，持續了五分鐘左右。

水氣令人神清氣爽。幾滴雨水落在我的手上，但並未滑落，而是直接散開，讓我的身體充滿愉悅。

我的父親一向喜怒不形於色，這次卻一臉震驚的樣子。

他不由自主地走在泰加林，而我跟在他的後頭。

他走了好幾個小時，才停下來轉頭看我。淚水滑落他的臉頰。身為其中一名大祭司的他，本來不應有這樣的情緒，我卻看見他在流淚。父親平靜而有自信地說：「她做到了！阿納絲塔夏已經帶領人類穿過黑暗力量的時光了，幸福快樂的渴望種子將會遍佈世界的每個角落。」

父親後來激動地和我聊了許久。他的震驚不是來自光球的行為，或者神以小孩的形體（可能是祂主要的化身）出現在阿納絲塔夏面前。

我的父親是個祭司，但也不是普通的祭司。他能從有形的事件中挖掘重要的啟示，事件的外表完全不是他注意的地方。

他關注的重點在於，思想在空間中現身。

自創造的初始以來，阿納絲塔夏的思想從未有人聽過，也從未反映在任何經典中。她的思想簡單明瞭卻崇高得不可思議，世人熟知的經典頓時淪為無知的謬論，而且與神聖的本質毫無共同之處。阿納絲塔夏將人類欠缺的神的概念帶回他們的意識中。

「神的概念是什麼？」

9 神聖的信念

「你知道地球本身、這裡生長和生活的萬物，以及所有現象，包括雨、雪和風，都是祂一開始就想好的。

「我們的造物者身為至高智慧，在一瞬間的靈感中創造了偉大的傑作，最後以自己的形象創造出人類。

「但從創造起，始終有很多元素質疑人類是否真的由神創造而成，是否真為宇宙間無可匹敵的創造。神說人類與很多元素不同，是與神平等的存在，這是真的嗎？神自己說過：『他的形象與我類似，我把一切都給了他，未來還會把所有思想獻給他。』

「神希望看到自己的創造——人類——和自己類似。

「看看現在的人類，很多人對神侃侃而談，聲稱自己多愛造物者。但他們是在對自己說謊，因為看不到、感受不到或無法瞭解神，就不可能愛祂。

「很多人說過：『我相信神。』但他們具體相信的是什麼？是神的存在嗎？但這是一種非常粗糙的意識。事實上，那些說『我相信神存在』的人正是承認自己感受不到或無法瞭解神，而只能相信祂的存在。

「如果他們相信神是萬能、善良且慈愛的天父，但除了嘴巴上說以外，他們為神做了什麼？破壞祂的創造、關在修道院的石牆後與天父創造的世界隔絕、捏造及書寫成千上萬個教條。這些教條千篇一律，都說人必須膜拜神，膜拜一個連自己都不知道的對象。

「弗拉狄米爾，現在想像一下，神看到這些荒誕無度的行為時，會有什麼感受。想像一下，就可以感覺得到，畢竟人有的感覺，神通通都有，但祂的感受更強烈、更敏銳、更純粹。

「光憑現在擁有的感受，包括身為人類和父母的感受，我們就能想像天父——我們的造物者——有什麼感受了。

「祂看著子女成天只會大喊：『我們愛祢，請祢給我們多一點憐憫。我們是祢的僕人，我們無能軟弱又愚昧無知。主啊，幫幫我們。』

「一個與神類似的創造真的會這樣嗎？天父看到孩子無助地呻吟，還有什麼比這更心痛的呢？正是因為如此，宇宙元素才會質疑神的創造是否真的完美。」

「但誰有這種能力愚弄人類？怎麼辦到的？又是在何時？」

「只有思想力量相當的才能愚弄人類，那就是人類自己。

「祭司讓人走上倒退路，企圖向神證明他們有能力統治世人，以為可以靠著人類的呻吟和苦痛，迫使神與他們對話。

「他們之所以這樣認為，是因為他們知道神從不和人對話、從不干涉人的命運，所有的命運都是由自己所選的路決定。

「但如果人類走到毀滅邊緣，或許神就會和使人墮落、左右人心的他們談判，阻止人類繼續墮落。神會為了全人類這麼做。

「數千年過去了，神卻從未和祭司展開談話，也未施展新的奇蹟開導人類。我的父親明白背後的原因，後來我也懂了。

「如果祂真的這麼做，如果神真的干預人的生活，就證明了宇宙元素的質疑不假——人類並非完美。

「但最重要的是，祂的干預最終會毀掉人對自己的信念，不再挖掘自身的神聖起源，一味地依賴外人的幫助。

「所以祂繼續等待、相信自己的孩子，一邊觀察人世，一邊受苦，承受訕笑和污辱。祂相信自己的創造——人類。祂的信念可謂神聖的信念。

「祭司原本希望事情能在全球浩劫要發生時解決，希望自己設想的目標可以達成。他們萬萬沒有想到，單單一個人——一名年輕女子——在短短幾年內就毀了他們的計畫，阻撓他們數千年來的努力，將人類帶回神聖的原始起源。」

＊＊＊

「阿納絲塔夏帶來了轉變，向宇宙展現神的創造的力量，讓宇宙看到神聖的智慧，而且這可能是有史以來第一次……你思考一下，弗拉狄米爾，想像這個轉變的偉大和意義。自地球的創造以來，我們的天父首度聽到有人說祂的創造是完美的。

「阿納絲塔夏設想的美好未來已經存在於空間中，許多人開始明白自己的本質和使命，每分每秒都在讓美好的未來更具體，最後一定會化為現實的。」

「但什麼時候會成真？畢竟祭司仍有可能出手阻撓。」

「但大祭司不會的，現在要克服的，是祭司當初所想的計畫。我的父親離開前，曾和他們其中一人談過。祭司之間從不見面，分居世界各地，但感覺得到彼此的想法，與遙遠的對方溝通。

「我的父親站在小土丘上，黎明的曙光劃過雪松樹冠，照亮父親的臉龐和身體。我聽到空間中的無聲對話：

『我是摩西，控制人類命運數千年的王朝後代。我是他們的後代，也是他們的祖先。我在此並非懇求，而是呼籲自稱大祭司的你，不要白費力氣與阿納絲塔夏作對。

『我孫女的所有渴望都與我們的想法和目標不同，但我喜歡這樣的不同，我的靈魂也是。我是摩西，我是祭司，我與你的力量旗鼓相當，我會盡我所能保護孫女。』

「大祭司回答：

『沒錯，摩西，我和你的力量確實旗鼓相當，所以我知道你不是要我停止攻擊，你是希望我能給出建議。

『我正在思考如何幫她、如何終止畸形的體制。我們創造了一頭巨獸，而牠比我們強大。你要知道，你也參與了這個創造的過程。

『數千年來，牠吞噬孩子、撕裂人體，現在我們得花上好幾百年阻止牠。

『但你孫女的思想遠比我們還快，她能在一年內創造出一千年。我們現在無人有能力幫助或傷害她。

『我現在唯一能確定的是，我們必須按照你孫女描繪的意象創造我們自己的生活方式。

『我們要把所有的知識注入我們的創造，為世人樹立可以依循的典範。』

「兩位祭司沒有說太多話，但他們都很有道理。」

「我不認為大家都能明白祭司的這段對話，像我就不明白這頭吞噬孩子的巨獸是什麼。還有，既然您的父親和大祭司想幫阿納絲塔夏，為何還說自己無能為力？」

「關鍵在於思考的速度，弗拉狄米爾。」

「速度？但這很重要嗎？兩者有什麼關聯？」

10 思考的速度

現在大家都知道，人類與地球上生長和生活的一切，顯著的區別在於思考的能力，但其實動植物也有思想，包括胚胎和胚芽。不過人類的思考快過其他所有生物。

人類最初的思考速度與神最接近，在特定的生活方式下還會變快，甚至超越神聖的思考速度。至少這是我們天父的願望。

如果人類與神聖的思考速度相當，就能在其他星球上創造有生命而和諧的世界。

思考速度的重要性是祭司隱瞞的最大祕密，他們連間接提到思考的速度都想盡辦法避免。

你應該聽過「腦筋遲鈍」或「很久才進入狀況」這種說法吧？這是什麼意思？這是指和思考較慢的人很難溝通，或聊起來很無趣。

地球上所有人的思考速度都不一樣，差異可大可小。思考速度如果遠比別人快，就可以統治很多人，甚至整個民族。

想像一下，一百萬人在解一道數學題，思考速度較快的人能比別人早解出題目，可能快上十秒、二十秒、三十秒或一分鐘，甚至十分鐘。這個簡單的例子告訴我們，有人比別人早十分鐘算出答案，比其他九百九十九人早十分鐘，比別人更快獲得新知。

這個算數的例子看起來或許沒什麼大不了，但……

現在想像一下，現在全地球的人都拿到一個需要一千年才能解出來的題目。他們開始解題，但有一個人的思考速度是別人的三倍，表示他一個人能比別人早知道人類在解題過程中會採取的行動。

其他人要花九百年，他只要三百年就能解題，表示他有六百年的時間控制並引導所有人的行為。他可以中途向別人提示正確的算法，幫助對方算出答案；或在中途給出錯誤的算法，讓對方走回頭路。又或者，這對他而言更輕鬆：立刻給所有人錯誤的解法，讓大家走進死胡同，這時再向他們展示自己的發現。換句話說，就是統治他們。

早在七千年前，祭司便知道思考速度如果遠遠大於他人，會有多大的好處。他們決定大幅拉開差距，利用特殊的練習讓自己的思考速度比別人快，但當時沒能成功拉開很大的差距。因此，他們想出了一個體制，拖慢每個新生兒的思考速度。他們實施的體制千百年來不斷精進，至今仍在運作。仔細觀察現代多數人的生活方式，分析之後你會發現，其中很多都是為了阻礙你的思想運作。

阿納絲塔夏開始向眾人揭開祭司的祕密，她說即使再小的孩子，也不能讓他們在活動時分心。也就是說，不能阻礙他們的思想運作。

她還給你看了一系列加快孩子思考的練習。她跟你說過，教育的根本在於問對問題。向孩子提出問題，他們的思想會開始尋找答案，因此變得越來越快。思考的速度每分每秒都在成長，到了十一歲時，比起其他在拖慢思考的人為體制下受教育的孩子，他們的思考速度會快上好幾倍。

觀察世界的現況，現在的孩子從小就被人造的東西圍繞。每個物件都是某人思想的體現，所以小孩看到的是某些人的思想——粗糙的思想，像是搖鈴。孩子大一點後，收到玩偶或玩具車。孩子喜歡玩，但需要依靠別人，所以玩的東西都是別人給他們的……

弗拉狄米爾，你看看之間的差異。你的女兒小時候搖搖鈴，長大玩玩偶。你和阿納絲塔夏所生的兒子和其他孩子一樣愛玩，但供他玩耍的是松鼠、母狼、母熊、小蛇等等，都是祂創造出來的生物⋯⋯

現在你比較一下，但務必思考兩方思考速度的差距：一方是發明搖鈴或玩偶的人，另一方是創造松鼠的神。

所以說，一個孩子是接觸帶有粗糙思想的東西，另一個孩子則是接觸神所創造的東西。兩個孩子與差異極大的東西溝通，思考速度也會天差地遠。其中一個的速度會比較快，你可以猜得出來是哪一個了。

孩子學會說話後，你們開始決定他們該做什麼、不該做什麼。實際上，孩子被灌輸一種觀念：他們不該獨立思考，別人已經替他們決定好了。因此，他們不需要思考，只要依從別人的思想就好了。

孩子上學後，老師站在他們面前，解釋事物的本質、行為規範和世界觀。老師不是只有解釋，還要求孩子和別人想得一樣，而這又是拖慢思考速度的發展。更精確來說，孩子不被允許獨立思考。

你們的學校沒有最重要的科目——可以加快思考速度的科目。這個重要的科目被其他眾多科目取代了，而這些科目的目的正是拖慢孩子原本的思考速度。

11 思考訓練

聽著祖父的故事，我意識到阿納絲塔夏與兒子溝通時，一直在給他練習，訓練他快速思考的能力。表面上看起來只是遊戲，孩子看似只發展了體能，但其實他的思考也有成長。

我之前曾說過，阿納絲塔夏在一天早上和母狼賽跑的時候，是如何要了以下的花招：她把母狼叫過來之後，就立刻跑開，讓母狼狂奔追她。但等牠快要追到時，阿納絲塔夏則突然往最近的雪松一跳，雙腳蹬著樹幹後空翻，落地後往回跑。母狼則因慣性而與她擦肩而過。

我看到兒子也和一隻小狼賽跑。但無論他跑得多賣力，年輕氣盛的小狼總是追得到他。小狼稍微超過他時，會轉身看著奔跑中的孩子，敏捷且迅速地舔他的腳或手。瓦洛佳會立刻停下腳步，休息一下後又試著甩開小狼，但小狼又會追到他。

阿納絲塔夏向兒子示範如何跳上雪松樹幹、瞬間改變方向，兒子非常喜歡這個花招，自己練習了幾次。他跑到一半時，跳上雪松樹幹，卻沒有成功地後空翻、立刻往回跑。第一次嘗試蹬樹幹時，他摔得四肢著地，第二次試也是啪地跌在地上。他疑惑地看著媽媽，而阿納絲塔夏告訴他：

「瓦洛佳，跳上樹幹之前，你得先在腦中想像自己接下來的動作。」

「我有呀，媽咪。我看到妳是怎麼做的。」

「你只看到我的身體怎麼做，卻沒去想像或感受自己的身體該怎麼做，或你要怎麼控制身體。你要先用思考訓練這個動作。」

透過思考的方式訓練體能，這聽起來實在讓人一頭霧水。但孩子還是走向樹幹，站在旁邊好一陣子，一下閉著眼睛，一下不由自主地擺動手腳。他接著往後退，全力衝向雪松樹幹。

他這次跑得比以往還快，我甚至害怕他會立刻出事，像是撞上樹幹而受傷。但他成功了，他蹬著樹幹翻了一圈，落地時稍稍不穩，但可以立刻往回跑。他反覆地練習，一次比一次熟練。

「這個練習真不錯。」我心想。「可以訓練所有肌肉。」我告訴阿納絲塔夏。

「是啊。」她回答，「可以訓練肌肉，但最重要的是加快思考。」

我沒有問她這種純屬體能的練習怎麼可能加快思考，但我很快就發現，阿納絲塔夏對孩子示範的花招正是為了加快他的思考。接下來的情況是這樣的：

瓦洛佳呼叫他的玩伴——小狼，一起跑了起來。小狼快要追上瓦洛佳時，他往後翻了一圈並往回跑。小狼萬萬沒有想到這招，直接衝過了雪松。

小狼停下腳步、想弄清楚怎麼回事時，瓦洛佳已經全力往回跑，一臉得意洋洋的樣子。他一邊大笑，一邊揮舞雙手，又跑又跳地表達勝利的喜悅。

但年輕的小狼是個聰明過人又機靈的對手。瓦洛佳第五次接近雪松樹幹，想要使出同一個花招時，小狼突然放慢腳步、停了下來，沒有跑過雪松樹幹。

等到瓦洛佳翻完一圈落地、準備往回跑時，小狼輕輕鬆鬆地舔到他，在原地跳上跳下、搖著尾巴。現在換牠得意了，瓦洛佳則驚訝而不知所措地看著牠。

我和阿納絲塔夏坐在附近觀看全程。瓦洛佳又試了一次，想要騙過小狼，但還是失敗了。聰明的小狼每次都會提早停下，冷靜地等著孩子落地後舔他，有時還不只舔一次。

瓦洛佳開始沉思，表情嚴肅，甚至皺起眉頭，但顯然什麼也沒想到。他若有所思、一臉疑惑地朝我們走來。阿納絲塔夏馬上開口：

「瓦洛佳，現在你不只要顧自己的想法，也要把小狼的想法考慮進去。」

兒子再度走到一旁沉思，我也開始思考整個情況，最後做出一個定論：兒子的花招被小狼摸透了，他已經束手無策。小狼猜得到他的行動，只要在一旁等他就好了。即便瓦洛佳的速度加倍，小狼依舊可以舔到他，現在想什麼都沒用。兒子走向我們，從他的表情看來，他應該也有一樣的結論，所以我告訴阿納絲塔夏：

「為什麼要這樣折磨孩子？他顯然再也跑不過小狼了，而妳也是。母狼猜不透妳怎麼往回跑的，但這隻年輕的小狼比牠的媽媽聰明。」

「沒錯，牠比母狼聰明，但人類肯定更勝一籌。我沒有折磨孩子，我是建議他思考，把小狼的想法考慮進去，然後想出自己的辦法。」

「現在就是沒有辦法，如果有，就告訴我吧。我不忍心看到兒子垂頭喪氣的樣子。」

阿納絲塔夏起身，以手勢示意小狼過來。牠馬上開心地一邊搖著尾巴，一邊跑了過來。阿納絲塔夏輕拍牠的肩膀，示意小狼跟上後跑了起來。

我和兒子看著阿納絲塔夏輕鬆又迅速地奔跑。這個為人母親的成熟女子還能如此輕鬆自在地活動！她的美貌和速度都讓人讚嘆不已。

但小狼的速度還是快了一點，阿納絲塔夏偶爾會急轉彎、拉開距離。小狼稍微落後，卻又能很快地追上。

很明顯地，小狼最後一定追得到她。

這時，阿納絲塔夏突然全力衝刺，衝向瓦洛佳用來後空翻的雪松。距離雪松只剩幾公尺時，小狼放慢腳步，並在看到阿納絲塔夏起跳時坐了下來，準備在她落地時舔她的手或腳，但是……

她確實跳了起來，但沒有去蹬雪松。她的身體從旁跳過樹幹，距離只有幾公分。她落地後繼續往前跑，離雪松越來越遠。驚訝的小狼還一臉準備好地坐在原地，搞不清楚剛是怎麼回事。

瓦洛佳在原地跳上跳下，一邊拍手，一邊開心地大喊：

「我懂了，爸比，我懂了。要用很快的速度思考自己和小狼的動作，很快地思考自己的下一步，還要比小狼的思考速度快，這樣才能成功。我知道怎麼做了。」

阿納絲塔夏走過來時，兒子告訴她：

「謝謝媽咪，這下牠再也追不到我了。」

瓦洛佳再與小狼賽跑時，先像阿納絲塔夏那樣繞來繞去，接著耍出各種花招：一下抓住小樹的樹幹變換方向，變換的速度比一路追趕的小狼還快；一下躍過被風吹斷的大樹枝，然後跑回同一根樹枝，但換成原地往上跳，讓小狼全力往前跳過。

這只是一例，他的招數五花八門，但重點不是有幾個招數，而是瞭解這種練習的本質。

12 最禁忌的話題

不只對孩子，現在的體制也對現在的成人拋出一堆看似有意義的資訊，但事實上，幾乎所有訊息都是為了讓人遠離資訊。

就以你看電視為例，每家新聞台都在報導某個官員拜會其他官員，或者某個領袖會晤其他領袖。他們的會面被人當作新聞，但你自己想一想，就會發現這完全不是什麼新聞。官員會面數千年來都是如此，每一小時都在發生。各國領袖數千年來也常談判，但這些談判向來無濟於事，重要的事絲毫沒有改變。

這是因為他們從未談到核心，從未談論戰爭的真正原因，只會討論後果。

但媒體把每場會面當作新聞，讓你有如迷途羔羊。

觀察一下，人類的發展方向成了全世界最禁忌的話題。

你可以想像一架航行的飛機上，乘客完全不在乎要去哪裡、能否降落嗎？

你可能覺得不可能有這種乘客，每個人早就知道飛機會飛多久、在哪座城市降落。但你去問地球上的任何一個人、兩個人、一千人，甚至一百萬人，沒有人可以告訴你，人類究竟會往哪個方向前進。

祭司創造的體制阻礙了人類的思考。

現代人的思考速度已經變慢，再也無法判定世人或單一國家的發展方向是否妥當，甚至連自己的人生都無法想像。

事實上，地球上你所熟知的統治者根本控制不了任何重要的事物。你在世界上的所有國家裡，找不到任何清晰的國家發展計畫。如果不先清楚且明確地決定地球所有人的發展方向，這種計畫根本辦不到。

祭司創造這個體制時，透過一個簡單的計謀，把所有統治者變成監督體制運作的人。統治者無不關心國內所謂的科技發展、軍事實力，以及如何鞏固政權。

為此，他們犧牲乾淨的空氣和水源，不只是自己的國家，甚至世界上其他所有國家也在所不惜。祭司創造的體制籠罩著這些統治者，他們和地球上大多數人一樣，都是在這個體制下運作的螺絲釘。他們思考變慢的程度，就和其他人沒有兩樣。

思考速度！噢，真希望你和你的讀者不要只用冷冰冰的頭腦理解，還要透過身體的每個細胞感受這個道理，感受思考速度對全宇宙的重要性。

想找出合適的字眼、舉出有助於理解的例子並不簡單。舉例啊！阿納絲塔夏把現代電腦比作義腦，也就是思想的義腦。那些熟知電腦特性的人，大概都能比別人還快瞭解並體會思考速度的重要性。弗拉狄米爾，畢竟你也會用電腦工作，或許你能藉由電腦更快地理解，人類的思考速度變慢會有什麼嚴重的後果。

任何熟悉電腦的人都知道，記憶體容量和運作速度對電腦有多重要。注意我說的是「運作速度」！

現在想像一下，如果電腦的運作速度變慢，而這台電腦正在控制航行中的飛機或監控核電廠的運轉，這會有什麼後果：電腦可能出現重大錯誤而造成災難。

地球上的每個人一出生就有活生生的生物電腦，那比人造電腦完美無數倍，它可以幫忙控制完美程度和規模都無可比擬的機制：宇宙的星球。

它的速度一旦接近或超過原始起源的速度，就有可能控制星球。但速度已經變慢了，而且越來越慢。只要再仔細一點觀察，就能發現這點。

即便是現代最先進的電腦，日日夜夜強塞大量資訊後——哪種資訊不是重點，反正就是不停地輸入資訊——到最後不僅會變慢，還有可能完全無法接收輸入的資訊。

這表示電腦的記憶體容量已經滿載，到了無法再接收資訊的程度。

大部分的人就是如此。祭司創造的體制已經失控，開始自行運作了。

你剛聽到吞噬小孩的巨獸，就是在說這個失控的體制。你仔細觀察一下，母親把孩子生下來後，是誰立刻用爪子緊緊抓住他？體制。

是誰決定他要吃什麼食物？體制。

是誰決定他要呼吸哪種空氣、喝哪種水？體制。

是誰決定他人生要走哪一條路？體制。

祭司已經無法控制地球的社會體制，但他們知道這個體制的運作規則，仍舊可對地球上的生命發揮影響力。他們至今仍可放慢或加速特定事件的發展。

寫著阿納絲塔夏言論的書首度問世時，祭司們非常好奇！這是一定的！畢竟這些言論是出自某個祭司孫女之口。她不僅知道控制的祕密手段，這名年輕女子所過的生活甚至可以加快思考的運作。

他們發現阿納絲塔夏打算帶領眾人穿越黑暗力量的時光。這在理論上是可行的。穿越時光需要改變眾人的意識，憑一人之力是可能辦到的。

轉變人類意識是個需要超過千年的過程，歷經數個世代的參與。但如果持續超過千年，就不能稱為穿越時光了。

穿越時光代表的是改變現代人的意識，使眾人恢復原有的意識，或在未來神聖天堂樂園的條件下誕生意識。

祭司試著理解阿納絲塔夏想要實行的計畫，理解後一度認為她的計畫過於天真，有很多令人存疑的決定。他們認為只靠書本去傳遞訊息的做法明顯不足，現在的人需要訊息反覆出現多次，才吸收得進去。

他們又發現書的作者竟然是個企業家，在靈性思想的領域不僅毫無權威，也無人認識他。

因此，祭司認為這位西伯利亞隱士所選的方法，沒有辦法為人類社會帶來任何重要的影響。我的父親當時也這麼認為。

然而，當第一本書所描述的事情逐漸成真之後，祭司第一次感到訝異而提高警覺。

她說：「我會讓很多人去找你，他們會解釋你不懂的事情。」真的開始有人找你，他們不只有能力替你解釋，還開始行動了。

她說：「藝術家會作畫，詩人會寫詩。」真的出現有關人類美好新現實的畫作和大量的詩歌。

她說：「世界各國會有很多人讀你寫的書。」你的書真的被翻成很多語言出版。

祭司搞不清楚，是哪種力量或機制促使阿納絲塔夏描繪的事情成真——在眾人的面前成真。

他們知道她已經開始實現自己的想法，卻無法瞭解她是用什麼方法達成目標。

這只說明了一件事，就是阿納絲塔夏的思考速度遠遠大於祭司。她所想的計畫廣博宏大，超過他們的理解範圍。這意味著，他們可能永遠再也無法影響人類社會了。

祭司絕不容許這種事情發生。

當他們還在思考反制的手段，有一個更不可思議的事情發生了。她又有新的言論公諸於世，很多人開始努力打造她所說的家園。

阿納絲塔夏成了所有反對勢力的目標，其中一種反制方法特別有效：利用「派系」這個神奇的字眼散播假消息。

你們的媒體常有討論各種恐怖派系的報導，其中就曾提到「阿納絲塔夏派系」，另外還會使用「極權」、「搞破壞」等字眼。

祭司向來都是利用這種方法反制，他們還藉此改變了羅斯時期的宗教。這種方法從未失敗過，祭司認為這次也會奏效。你和許多讀者，包括彼此交流及互不相識的讀者，均訝異地發現自己被人當作「派系份子」。

有人聰明且密集地散播不實的謠言，使政府對此問題一直不做定論。分配土地以建造祖傳家園的這項倡議一直遭受公開及私下的反對，祭司的體制奏效了。階級較低的祭司以為可以永遠擺脫阿納絲塔夏，但事實並非如此。大祭司開始發現……他發現阿納絲塔夏模擬未來時，不僅早將體制的反動考慮在內，還將其導向好的方向。

事情是這樣的：根據阿納絲塔夏所述原則建造的家園，不能以傳統的方式建造，而需詳盡的建造計畫；必須制定長期的計畫，而這通常要一年以上的努力，某些計畫可能更久。沒有計畫便貿然行動，可能會使理想失去信服力。

反對勢力正好放慢了取得土地的進度，避免貿然行動的風險。

即使他們拖慢分配土地的進度，仍然無法摧毀有關未來的夢想，或讓正在想像未來家園的許多人放慢思考，更不用說那些想像國家未來和全人類美好未來的人了。

雖然阿納絲塔夏說，俄羅斯可以率先創造美好的未來，但她也清楚知道：不可能只在單一的聚落或甚至單一的國家創造天堂樂園。事實上，世界各國有越來越多人由衷接受她的夢想。弗拉狄米爾，從你的書在各國熱銷就能證明這點。現在受歡迎的程度很大，但無法和未來相比。只要人類開始體悟……

現在祭司已經明白這點。阿納絲塔夏已著手揭開他們數千年來極力破解的祕密。以下就是其中一個祕密。

13 神聖的飲食

大祭司曾在某次對話中，對我的父親說：

「摩西，你的曾孫女知道我們無法理解的存在祕密，她知道滋養肉體和靈魂的祕密。聽到她說『**進食就該像呼吸一樣**』時，想必你自己也知道這點了吧。我們的祖先曾在祕密神殿的牆上看過這句話，我們當時覺得這是有意義的，至今卻仍想不透箇中奧祕。她對計劃創造家園的人揭開了這個祕密，創造出特定的條件，讓新家園居民的思考速度得以超越我們。孩子在她所想的家園誕生，與這些孩子比起來，我們只是一群無知的小子。看到她所想的計畫後，我們明白只剩一個辦法了，就是我們每個人也要建造她與世人分享的家園。我們必須建造家園，還要努力地弄得比別人更好、更完美。我們有很大的機會可以做到這點。

「她向眾人揭開存在的祕密，只要我們擁有自己的家園，而別人還沒開始創造，我們就能搶先瞭解這些祕密。所以我們又能靠著思考速度的差距預見未來，進而控制地球的生命。

這是我的想法，不過想聽聽你的意見，摩西。」

我的父親回答：

「你想聽我的意見，是因為你還在懷疑。你是不是想先知道，如果祭司們和自稱大祭司的你率先創造出讓自己接近神聖存在的家園，阿納絲塔夏對此模擬過哪些情境？你是不是想知道，她思考時是否早將類似的情況考慮進去了？」

「我相信她早就考慮進去了，」大祭司回答父親。「她甚至從未隱瞞這點。但我想聽聽你的意見，為什麼她敢公開挑戰我們，她沒想過這會讓我們再有機會統治世界嗎？」

「全都是因為……」父親回答大祭司，「我的曾孫女阿納絲塔夏並不打算與你們對抗。統治地球的祭司只要開始創造家園，他們的念頭也會跟著改變，靈魂將再度散發光輝。」

＊＊＊

「謝謝你，摩西！我們現在想法一致了。很高興她給我們機會活在不同的現實裡，說不定在那裡每個人都能與神對話。

「我很佩服你曾孫女的想法，摩西。但願阿納絲塔夏能在自身找到力量，戰勝我們一手創造的體制。那是一頭野獸，甚至一群野獸。你要盡可能幫她，摩西！」

「你才要試著幫她，我已經跟不上年輕的思想了。我還一度覺得她的行為沒有邏輯。」

「我也沒有辦法，摩西。她進食就像呼吸一樣，而我們卻在污染自己的身體，我沒辦法像她一樣滋養靈魂。我只能去猜什麼對她有幫助。」

＊＊＊

原始起源人類的生活方式與現在不同，他們不僅瞭解自然，還能控制自然。他們透過自然的聲音和天體光線的力量，就能利用宇宙的資訊庫。他們不僅是用理智接收資訊，更是憑著感覺體會。他們的思考速度比現在的快很多倍。

以前的祭司明白，唯有思考速度遠遠大於其他人，他們才有可能完全控制人類，但這要怎麼辦到呢？某位古代祭司曾在私底下告訴大祭司：

「我們再怎樣加快思考，也不可能與其他人拉開足夠的差距。不過，我們可以利用特殊的方法，來拖慢全人類的思考。」

「你說的全人類也包括你自己？」大祭司回答。

「沒錯，最後連我的思考也會變慢，但變慢的程度小很多。這樣就能產生很大的差距，優勢在我們這邊。」

「既然你這麼說，表示你一定找到拖慢全人類思考的方法了，告訴我吧。」

「很簡單，對人類隱瞞現有的神聖飲食模式，讓他們去吃不會加快、反而拖慢思考的食物。有了這個必要的條件，接著就會出現連鎖反應。思想退化後，又會出現更多影響思考速度的因素。所有人都會變得不如我們。」

「要怎麼隱瞞神賦予每個人的東西？」

「宣導感謝神賜的必要。」

「明白了，你想的方法真是可怕，但確實毫無破綻。世人肯定會認同感謝造物者的必要，而且不會察覺有什麼不好。我們可以想出各種儀式，讓人遠離神親手創造的一切……

「大家會以為自己在謝神，但只要他們花越多時間聚在我們虛構的偶像周圍感謝神，就越來越沒有時間與神的創造溝通，更會逐漸遠離直接來自於神的訊息。

「他們會接收我們傳遞的訊息，卻以為那是神的意志。他們的思想將誤入歧途，我們要將他們的思想導向錯誤的地方。」

數個世紀以後，世人投入越來越多的時間參加祭司想出的各種儀式，以為自己在向神表達敬意。他們越來越少與造物者的親手創造溝通，因此無法完全接收宇宙的訊息——祂的訊息。他們讓神難過受苦，卻自以為在取悅神。

祭司告訴大家應該多吃哪些食物，同時又為自己想出飲食的祕密科學。這對祭司是必要的，為了維持自己大腦、心靈和身體的狀況，進而使思考運作比別人好。

因此，他們建議大家去種某些植物，自己吃的卻是別種植物。更精確來說，他們的食物種類遠遠多於其他人。人類的意識出現了可怕的退化。

人類開始經歷身體和心靈的疾病，直覺地感受到飲食的重要性，數千年來一直試著解決這個問題。

開始有智者建議哪些食物比較有益。

開始出現各種飲食的教導，你知道的很多書都談過這個問題，如聖經和古蘭經。舉例來說，舊約聖經有個談到飲食的段落：

凡可憎的物，你都不可喫。

你們可以喫的牲畜乃是這些：牛、綿羊、山羊、鹿、羚羊、麃子、野山羊、麋鹿、黃羊、青羊。凡分蹄，就是蹄裂兩瓣，並且反芻的走獸，你們都可以喫。但那反芻或裂蹄之中不可喫的乃是這些：駱駝、兔子、石獾，因為反芻卻不分蹄，對你們就不潔淨；豬，因為分蹄卻不反芻，對你們就不潔淨。這些獸的肉，你們不可喫；牠們的屍體，你們不可觸摸。水中可以喫的乃是這些：凡有鰭有鱗的，你們都可以喫；凡無鰭無鱗的，你們都不可喫，對你們是不潔淨的。凡潔淨的鳥，你們都可以喫。不可喫的乃是這些：鵰、狗頭鵰、紅頭鵰、鷂、隼、鷂鷹與其類、烏鴉與其類、鴕鳥、夜鷹、海鷗、鷹與其類、鴟鴞、貓頭鷹、叫鴞、鵜鶘、禿鵰、鸕鶿、鸛、鷺鷥與其類、戴勝與蝙蝠。凡能飛的昆蟲，對你們是不潔淨的，都不可喫。凡潔淨的飛禽，你們都可以喫。凡自死的，你們都不可喫，可以給你城裡寄居的喫，或賣與外人，因為你是歸主的聖別子民。（《申

命記》14:3-21）

數千年以來，很多書都會建議大眾吃什麼、怎樣吃才健康，但沒有任何書、任何智者可以完全解釋這個問題，甚至集結所有科學家也沒辦法。人類的身體和心靈出現越來越多疾病就能證明這點。

開始有一堆書建議如何治病，現在還有名為醫學的科學。他們說醫學一直進步，你卻看到生病的人越來越多。

醫學真的進步了嗎？你自己就能做出結論：醫學是讓疾病進步了。

我知道你一定覺得這種結論很怪，但你自己想想看，為什麼眾多的動物在自然環境中不會生病，而人類自詡發展程度最高的生物，卻無力解決自己的疾病？

你們號稱可以治病的科學，自始至今從未觸及任何疾病的根源，一直把注意力放在結果。病人當然需要醫生，但在現代的體制下，醫生更需要病人……

不過祭司的思考速度也變慢了，雖然不像其他人一樣嚴重，但確實變慢了。祭司比誰都還擔心這個現象，他們越來越想找出神聖飲食的祕密，卻仍百思不得其解。

某個負責專研飲食科學的祭司應該是理解到了什麼，走進只有幾位重要祭司進得去的神祕地窖，在牆上寫下：「進食就該像呼吸一樣。」

在寫完這句話的最後一個字後，可能連最後一個字都沒寫完，這位老祭司就去世了。他來不及向繼承人和其他祭司解釋這句話的涵義。

數千年來，祭司一直努力解開「進食就該像呼吸一樣」這句話的祕密，他們深怕外人知道這句話而搶先一步解開。

他們決定抹除並破壞神殿牆上的字跡，然後以口傳的方式傳給後代，希望祕密總有一天可以解開，但從來沒有成功。

數千年來，眾多政權的天文官、治療師和智者都在專研飲食問題，但是無人找到答案。

如果曾有任何政權的智者領悟到人類該吃什麼，那些自認世上最強的統治者就不會生病了，壽命也會增加。

如果俗世曾有任何統治者知道該吃什麼，早就可以稱霸地球了，思考速度也能超越祭司。

但地球的所有統治者都會經歷生老病死，即使身邊有最好的治療師和智者，他們的壽命仍不比一般人長。

人類社會的退化尚未停歇。

阿納絲塔夏看似隨口對你說出「進食就該像呼吸一樣」，而你再把這句話隨手寫進書裡，並未多想。

但對現在世上的祭司而言，這句話早在五千多年前就已從神殿的牆上抹除，如今卻被公諸於世，這讓他們擔憂不已。

他們反覆地閱讀寫有阿納絲塔夏言論的書，發現她不僅知道這句話，還完全瞭解神聖飲食的知識。

擁有這些知識的人，思考速度自然而然會大幅超過所有祭司的思考速度總和，因此有能力統治包括祭司在內的全人類。但想要統治地球，必須隱瞞這些知識，她卻反而向所有人揭開祕密。這表示她想幫助眾人擺脫祭司的影響，讓他們直接與神的思想溝通。

祭司之所以知道這點，是因為阿納絲塔夏曾脫口說出亞當的飲食。你在《共同的創造》中，提過阿納絲塔夏對原始起源人類飲食的描述：

「他周圍有許多不同口味的果實、漿果，還有可以吃的小草，但亞當在一開始幾天都不覺得餓，空氣就讓他很飽足了。

「現代人呼吸的空氣的確不能吃。現在的空氣已經沒有生命，對人體和靈魂還經常有害。你剛說的俗語是『吃空氣是不會飽的』，但還有另一句俗語是『我只以空氣為食』，這一句才符合人類最初的情形。亞當在最美麗的花園裡誕生，四周的空氣中沒有任何有害的灰塵。當時的空氣有飄揚的花粉，還有最純淨的露水。」

「花粉？哪種花粉？」

「有花和草的粉，有從樹木和果實飄落的粉，有些就在附近，有些則經由風從遠處帶來。當時的人不會因為食物取得的問題導致分心，而無法進行偉大的任務，周遭的一切會透過空氣餵食人類。造物者從一開始就是這樣設計，讓地球上的所有生物在愛的流動中為人服務，且空氣、水和風都能滋養生命。」

在神聖原始起源的時代，人類的飲食當然不只有賦予生命的空氣，他們還會食用很多東西，但空氣和水是肉體和靈魂很大的營養來源。

你公開阿納絲塔夏對飲食的描述後，祭司全都不寒而慄，訝異為何自己始終想不透如此簡單的真理。但他們自己也知道為何想不透。

他們終日關在神殿裡，無法呼吸帶有花粉的空氣。聚集眾人舉行儀式時，現場只會揚起灰塵，他們吸入的是自己陰謀帶來的灰塵。

祭司其實知道飲食很重要，所以常喝各種藥草熬煮的茶，以及食用各式各樣的蔬果。他們更重視雪松油，吩咐僕人從遠方帶回來。此外，他們的飲食還有蜂蜜和蜜蜂採集的花粉。但阿納絲塔夏說這種花粉完全不夠，那是不同的花粉。蜜蜂採集且存於蜂巢的花粉當然有不少好處，但那和祖傳家園空氣中多樣的花粉截然不同。

畢竟蜜蜂採集花粉的花種有限，但空氣中有所有種類的花粉，比蜜蜂採集的花粉柔軟且好消化。

空氣中的花粉有生命且可受精，人類每次呼吸都會吸入這些花粉。花粉融解後會滋養人的身體，包括大腦在內。

看到阿納絲塔夏談到每個家庭都要建立一公頃的祖傳家園時，祭司明白了一件事：她要讓世人恢復原始起源的生活方式。

他們立刻知道，祖傳家園不僅讓人擁有充足的物質生活，還能帶來更好的。根據阿納絲塔夏的說法，人可以創造一個滋養肉體、靈魂和心靈的空間，讓現實的所有人真的看到神聖宇宙的真理。

人類很快就能同時活在兩個世界，可以利用兩邊的成就，包括技術治理的人造世界，以及原始起源的神聖世界。只要親自體驗並比較兩邊的世界，而非道聽塗說，人類就能做出選擇或創造全新的世界——一個屬於他們的美麗神聖未來。

阿納絲塔夏不僅讓人知道神聖飲食的意義和本質，同時也說明如何取得這些食物。她的祖傳家園……

弗拉狄米爾，你想像某個早晨，有個住在祖傳家園的人在黎明時分起床，從家裡走到花園。花園種了三百多種他需要的植物。

他習慣每天早上都要在家園散步一圈。

他走在小徑上，各種充滿活力的花草樹木令他心曠神怡。這讓他很開心，並激起他正面的情緒。

比起有生命的祖傳空間，沒有東西可以給他更多的情感、更多的能量。數個世紀以來，人類每個世紀都受到不同的價值觀吸引。他們開始因為豪宅、新衣、新車等事物而開心，因為金錢和社會地位而開心，但這種開心是有條件且稍縱即逝的，只能帶來一時的滿足和愉悅，過沒多久就會變得稀鬆平常，開始讓人覺得麻煩，有時甚至討厭。

破舊的房子越來越常需要維修，車子常常故障，衣服也破損。人類天生渴望感受純真的美和永恆的完美，所以就算國王坐擁金銀財寶和私人皇宮，都會想要一座花園。這是人類活在世上數百萬年來從未改變的真理。真正的快樂和祥和，只有在自己的家園才能感受得到。

他早上走在祖傳家園時，每株小草都很開心、對他做出回應。他的花園不但不會凋零，反而每分每秒都長出受到祝福的生命。他明白自己創造的「程式」——由他親手挑選並種下的樹木、灌木和漿果——永遠不會凋零，而是永永遠遠地活著。只要他不改變心意，這些植物就能永世常存。

他早上走在祖傳家園時，都在呼吸它的空氣，隨著每次的呼吸吸入無形的小粒子——植物的花粉。空氣中充滿有生命的花粉，進入體內後毫無保留地融解，供給肉體所需的一切。祖傳家園的空氣不僅滋養肉體，還有乙太滋養靈魂並加速思考。

他早上走在祖傳家園時，突然停下腳步，從矮樹叢摘下三顆醋栗來吃。為什麼正好停在醋栗樹前？為什麼是摘三顆？他在哪本充滿智慧的書上讀過，今天早上正好需要這三顆醋栗？

他確實需要這三顆醋栗，正好要在這一天、這個時刻，需要這個數量的醋栗。

他又往前走了幾步，彎腰聞聞某朵花兒。他為什麼這樣做？是誰告訴他要吸入這朵花的乙太香氣呢？

他又往前走，繼續摘下……

他早上走在祖傳家園時，面帶微笑地思考事情，同時享用漿果——他並未多想，而是憑著感覺享用。**他進食就像呼吸一樣**。

那是誰如此精準地安排他的飲食？這些資訊記在何處，讓地球上每個出生的人知道？

弗拉狄米爾，請你相信並瞭解，這些資訊全在每個人的體內。你看：

任何人都有一種機制（我找不到其他的字彙），這種機制可以引起飢餓，告訴身體或靈魂需要某些宇宙物質。我們說不出來這些物質是什麼、比例和數量各是多少，沒有人能靠頭腦回答這些問題。只有你的身體知道答案，而在眾多漿果中選出三顆醋栗。

但為了做出正確的選擇，你的身體必須擁有所有相關的資訊。而唯有在祖傳家園，身體才能獲得這些資訊。

假設你進到一家商店，架上放了各式水果。你想吃蘋果，但看到很多品種，哪一種才是你要的？你做不出精準的選擇，畢竟你的身體對架上的蘋果一無所知。你的身體從未嚐過，不知道口味如何、物質比例為何，也不清楚也很重要的採收時間。

因此，你挑選的蘋果可能有益健康，但不如身體完全知道你要消化哪種食物來得健康。不過你讓身體吃下的這顆蘋果也可能有害，最後引起疾病。這種事情不會在祖傳家園發生，畢竟你會準確地知道，果園哪棵樹的蘋果比較酸或比較甜、蘋果何時可以食用。你的身體知道祖傳家園所有果實的資訊。

你還在母親懷裡時，你的身體就已獲得所有相關的資訊。你喝母乳時也是一樣，畢竟母親享用的是一樣的果實，果實成了母乳的一部分。

現在你長大成人了……

他走在祖傳家園的空間，品嚐各種果實與漿果，就是當初構成母乳的所有食物。

你們還有一個觀念，就是必須食用新鮮的食物，但怎樣才算新鮮？

不是你所想的非冷凍、非乾燥、非罐頭或非桶裝密封食物，而是以自然狀態呈現的食物。你們種出很多可以保持數天看似新鮮的混種食物，但相信我，這些食物的新鮮外表是假的，而且有害。

現在你判斷看看，我剛才說的是否正確。

幾乎所有漿果都只能在幾分鐘內稱作新鮮，野櫻桃、甜櫻桃和蘋果最多保存一小時，但每過一分鐘都會有所改變。

你去摘顆櫻桃，放一整晚，再把它帶回原來的櫻桃樹那兒，並吃掉它，然後馬上再從樹枝上摘一顆櫻桃來吃。這時候，你就能感受到兩者的差異，甚至閉上眼睛也吃得出來哪顆櫻桃比較新鮮、比較好吃。

覆盆子過一小時就能吃出差異，有些品種則需一天一夜。你會發現並明白，沒有祖傳家園的人不管再有錢有勢，都不可能吃到新鮮的食物，所以才沒辦法迅速地思考。

古代有智者曾在論述中試著解釋，人在哪個季節吃什麼食物有益健康。這點非常重要，但在這些論述之中，只有一個是屹立不搖的：神為每個人創造的那一個。

你自己觀察一下，某些早先生長的植物從春天慢慢結果，有些等到初夏或夏末，有些到了秋天才結果。

吃什麼、何時吃等問題都已如此明顯，還有什麼好寫的？不僅依照月份或季節，大自然每分每秒都在給人提示。弗拉狄米爾，你只要好好想一想，就會明白造物者彷彿親手拿著湯匙，準備餵食每一個人了。

你只要想一想，就會知道祂的「程式」有多完美精準。

果實在特定的季節成熟，星球同時有特定的排列，而那正是人類食用果實的最佳時機。就在神所選的這個確切時刻，人類順從身體突然的渴望吃下果實，不做任何計算。何時吃、吃什麼對他而言不是問題。他直接吃了。他因為想吃而吃，同時也因想到共同的創造而開心。

他的思想往前一躍，不再專注於天父所想的。他想要創造更多，讓所有人因為深思新的創造而開心。

天父欣喜地說：「我的兒子，你是創造者。」繼續以自己的創造餵養子女。

14 精神分裂的社會？

聽著阿納絲塔夏的祖父講述人應該怎麼吃、吃什麼，我不由自主地將此與現代人的飲食習慣比較，甚至是住在所謂「文明國家」的有錢人。我發現一個非常弔詭的現象，就讓我們一起想個明白吧。

首先，你我都知道食用對生態無害的新鮮食物對人比較有益。

我們都知道，大自然的植物可以治療人體的任何病痛。等等，這裡必須說得更精確些：**大自然的植物可以預防人體生病**。那為什麼我們沒有這些植物呢？我們為什麼或受到誰的影響，而選擇對我們身心有害的生活方式呢？肯定是有人一邊嘲笑一邊誤導我們，害我們把這種生活方式稱作「文明」。

如果我們以「文明國家」或「文明社會」這些詞來指達到一定發展程度的人類社會（當然是指正確的發展程度），這種定義也要反映在飲食習慣上——不是「也要」，是一定要。

假設我們一起去一家超級市場——所謂文明國家中的一種商店。不在西方國家的讀者也可以到國內的超市走一趟，各大城市販售的商品種類都大同小異。

我們會發現大部分的食物都有精美的包裝、保存期限很長，還可以看到很多乾燥、冷凍和濃縮食品，但這些東西都不能稱上新鮮食物。

我們還能在超市中看到號稱新鮮的蔬菜，包括外表漂亮的番茄、黃瓜等等，但現在無人不知這些都是混種，經過特殊栽種而可長時間維持漂亮的外表，但品質遠遠不如自然正常的品種。

歐洲國家幾乎每個成人都知道這點，那邊還有商店的招牌寫著販售對生態無害的商品，價格大約是一般商店的五倍。大眾這才發現其他商店販售的原來不是對生態無害的商品，而且這種商店的數量遠遠大於前者。

我們就有話直說吧！社會大眾都已知道，多數人吃的都是對健康有害的食物。等等！「文明社會」這個詞又該如何解釋？「文明社會」的人類難道都吃對健康有害的劣質食物嗎？

這種社會應該稱為「愚蠢的社會」或「大眾愚昧無知的社會」才對。

在這種「愚蠢的社會」中（俄國似乎也力圖變成這種社會），可以清楚看到是什麼樣的體制在欺騙大眾。

觀察一下現況，有人吃劣質食品而開始生病。

病人落入一個名為「醫療」的體制，這種體制支配大量的藥物、醫院和科學機構。有人必須付費，使得大量資金流入這個體制。

他們告訴我們，這個體制會不斷地精進。

但請注意，數據顯示病患人數逐年增加，人類從未見過的全新疾病層出不窮，出現千百種精神疾病，遑論時下還有一種行業蔚為風行——心理治療。

這裡可以合理結論出一個問題：這些「文明社會」的大眾健康為何每況愈下？難道醫療體制對此沒有責任嗎？

任何人只要願意比較各方資料後就會發現，人類的身體狀況越來越差是個不爭的事實。

我們雖然講的是身體狀況，但心理健康更是嚴重。

我們必須擺脫這種單調又具侵略性的體制，否則無法思考現況的本質。委婉來說，對於「文明國家」多數人所謂的常態，我們應該要去質疑。

社會所選的生活方式有如精神分裂，你們自己可以去判斷看看：

舉例來說，住在家園的人如果想吃蘋果，會怎麼做？他會走到果園、摘下新鮮的蘋果來吃。現在把場景換成已開發國家，住在市區公寓的人也想吃蘋果。他先拿錢，然後去商店買蘋果來吃，但那已經不新鮮了。他買的是別人栽種後裝進箱子的蘋果，別人以貨車或貨機載運這顆蘋果，接著又是別人蓋了商店，把蘋果放在架上。從栽種到販售的所有動作皆仰賴特定的人士，由他們盤點、計算稅金、關稅及其他費用。

由此看來，這背後存在著一連串的過程，身處其中的我們忙著讓自己有能力品嚐蘋果樹的果實。不過，想吃到這顆果實，我們必須先找地方工作，賺到紙做的錢，為在蘋果樹和人類之間這一連串的人造過程買單。

對於這樣的狀況，社會卻是見怪不怪。愚昧的社會從未心生懷疑，這個「別人」積極地讓人偏離真正的使命，讓他們把心力花在無意義的事物上。

人類漸漸地被導向這種詭異的現象，這不是一天造成的。如果過於迅速，就算腦筋遲鈍的人也能看出其中的荒謬。

看看以下情況有多諷刺：某個風和日麗的一天，您一如往常地想從自家種的蘋果樹摘蘋果來吃。您走出門廊，往蘋果樹的方向走去，卻看到那邊有一排人。

「你是誰？」您問最靠近您的人。

「我是蘋果商。」那人回答。

「那你後面這些人是誰？」您驚訝地追問，然後聽到這樣的回答：

「我後面是把蘋果運到我的店的人，再後面是採收蘋果的人。我們每個人身邊都有穿著整潔的人，他們負責記錄我們經手的蘋果數量。」

「各位，你們瘋了嗎？」您氣憤地說，「為什麼要做這些沒有意義的事？你們做了這些荒謬的舉動，誰會感謝你們？」

對方回答您：

「你會感謝我們，還會給我們所有人錢。我們拿了這些錢，也能去買蘋果。」

「我哪來的錢付給你們？」

「你去找隔壁種梨子的鄰居，那邊需要記錄員。你當了記錄員、賺了錢，就能付我們錢，隨時就能吃到蘋果。」

「荒謬到了極點，」您說，「這根本是精神分裂啊！」當然荒謬，當然是精神分裂，但這個現象確實發生在我們身上。

在此必須把健康生活幾個再明顯不過的先決條件，以論文的形式記錄下來，以下就是一篇簡短的論文。

一、地球上生活的每個人都應擁有自己的家園、自己的空間，提供給自己優質的食物。

二、在自己的空間中，應該栽種可以結果的植物——他們認為好吃且有益的植物，而且最好是親手栽種的。舉例來說，如果知道自己不喜歡紅醋栗，就不需要大量栽種。家園所種的多年生植物至少要有三百種。以下不再重複談論特殊的栽種方法和與植物溝通的方法，阿納絲塔夏在第一本書中談到夏屋小農時便已提過。這些事情當然不可能在一年內完成，兩三年或許也沒辦法，但可以保證的是，後代子孫可以擁有真的理想的食物來源。

三、每天早上起床時，應該在祖傳家園內散步。如果出現食欲，可以吃下那時候剛成熟的果實，或是漿果和小草。這個動作必須完全出於內心，不是按照什麼營養專家的建議，即使院士級學者也不能左右您。只要您的身體熟悉家園植物的所有味道，就會為您訂出理想的飲食模式，讓您知道該吃什麼、吃多少和食用的時間。您不一定只能在早上的時候在家園散步，或是嚴格執行別人制定的飲食時程，只要您有食欲，就可以吃。

在現代的生活條件下，很多人即使擁有家園，還是無法時時刻刻待在家園，但至少每週要去一次。

如果身體不適，先別急著吃藥，最好直接去祖傳家園住個幾天。

如果您已建立好自己的空間，如果身體知道空間所種植物的資訊，它就能分毫不差地選出哪些東西可以幫助您恢復健康。

根據阿納絲塔夏的說法，對於由您創造的愛的空間而言，沒有什麼肉體的疾病是它戰勝不了的。

這裡說的當然不是城市的公寓空間，而是根據她的原則所創造的家園。

＊＊＊

在把這些規則寫在筆記本後，我唸給阿納絲塔夏的祖父聽，並且問他：

「我沒漏掉什麼吧？」

他回答：

「如果想要簡短地敘述，這是個好的開始，但記得一定還要提到鄰居。」

「這跟鄰居有什麼關係？」我起初並不明白。

「怎麼會這麼問？」祖父對我的問題很驚訝。「你自己想想看，如果你的家園緊鄰一座工廠，風把工廠排出的致命濃煙吹到你的家園空間，你會呼吸到什麼？」

「沒有人會把家園蓋在工廠旁邊。」我反對後默默無語。

我想起新西伯利亞的某些夏屋土地只離煉錫廠五百公尺，德國也有農地就在八線道的高速公路旁。

我心想：栽種供人食用的農作物這種簡單不過的道理，只能在乾淨的環境實踐，而且最好不要在大城市旁……這麼簡單的道理，人類居然不明白，所以必須再加一點：

四、您的家園應該位在乾淨的環境，周遭也應都是家園，這些與您志同道合的鄰居也在建立祖傳的天堂綠洲。一道微風會把家園中賦予生命的花粉吹向鄰居的家園，另一道風則從鄰居的家園把賦予生命的空氣吹來。

15 反對

有人極力反對促進身心健康的和諧生活方式，這點許多《俄羅斯的鳴響雪松》系列的讀者都曾見過。

* * *

我不僅一次寫到，我曾聽聞俄國東正教反對阿納絲塔夏，而且似乎就是教會人士在政府機關中散播謠言，謊稱《俄羅斯的鳴響雪松》系列的所有讀者都是派系份子。

我起初認為這些消息並沒什麼大不了，但後來有新西伯利亞讀書會的成員告訴我，教會數名代表拜訪了文化協會的高層，要求他們禁止舉辦讀書會。

他們還給我看某個東正教網站，有個自稱「神學博士」的人極盡所能地攻訐阿納絲塔夏，而他的語氣遣詞完全稱不上神學。我的讀者與他展開激辯，試圖解釋阿納絲塔夏的立意良善，但這位神學博士顯然無法切中主題地討論，一直在爭辯我用的是真名還是筆名。

從此之後，各地陸續寄來書報文章，內容幾乎千篇一律。從行文風格、統一的寫法和無中生有的惡意毀謗，都能輕易判斷出自一人之手。

後來發生一個非常奇妙的事情，聖彼得堡的「相遇劇團」改編了《俄羅斯的鳴響雪松》系列，演出一齣名為《阿納絲塔夏》的戲劇。二〇〇二年七月二十三日，劇團到弗拉基米爾城的塔涅耶夫音樂廳演出。

這齣戲預定在七月二十五日於圖拉演出，但圖拉某份報紙在二十四日以頭版報導：圖拉教區的傳教辦公室號召民眾抵制表演，直指書和戲都是要人回到自然信仰……

簡而言之，他們企圖以可怕的言論嚇唬民眾。不過圖拉的戲劇照常演出，而且座無虛席。相遇劇團的團長把這份報導拿給我看，我和其他人讀完後，對圖拉教區的傳教辦公室馬上都有一樣的疑問。

他們怎能批評自己從未看過的表演？唯一的演出不過是在兩天前的弗拉基米爾城，怎麼來看，該劇在圖拉都是首演。

相反地，聖彼得堡的教會人士就親自去看了當地的演出，事後甚至感謝演員，稱讚那是高度靈性的表演，還說：「希望以後有更多類似的作品！」

這個結果是可預期的。像阿納絲塔夏這種現象總是受到某些反對勢力的關注，海內外都是如此。他們有龐大的人脈可以左右社會的趨勢——不是推波助瀾，便是阻撓。

阿納絲塔夏和她的祖父都曾提到祭司，而這些故事越來越真實、具體，陸續在現實的事件中看到其縮影。

祖父曾說，形塑全體人類意識的大祭司已經不再反對阿納絲塔夏，但由多位祭司創造的體制仍會持續反對好幾個世紀。而這也已有跡可循。

＊＊＊

各地激烈反對的人士其實搞不清楚怎麼回事，他們依照腦中設定好的程式行動，不分青紅皂白地指控阿納絲塔夏從未做過的事。舉例來說，阿納絲塔夏回答「所有人都得去森林嗎？」這個問題時，說過：「不需要住進森林，必須先清理自己弄髒的地方。」

雖然如此，還是有人透過媒體放話，說阿納絲塔夏號召群眾放棄城市的房子和孩子，而要他們住進森林。

＊＊＊

由此可以得出一個結論，就是有個結構正積極地阻礙大家推廣阿納絲塔夏的理念：就是俄國每戶家庭都有一塊可供建造祖傳家園的一公頃土地。

＊＊＊

想當然耳，阿納絲塔夏的反對者竭盡所能地避免提到這個核心思想，寧願以自己無中生有的謊言去嚇阻眾人。

我當然想捍衛她的理念，保護我的讀者不受非難，排除前往目標路上的其他阻力。保護他們！但要怎麼做？對手究竟是誰？畢竟毀謗的人一定都有真實姓名、上級和目標。至於支持阿納絲塔夏想法的人，他們有一個情報中心。我雖然無法親自認識所有人，但他們的想法和結論非常有趣，以下就是一例：

反對勢力並非衝著阿納絲塔夏而來，而是針對在俄羅斯萌芽的「國家理念」。反對勢力來自某個媒介，各地互無接觸的信徒彷彿收到某個訊號一般，不約而同地開始行動，每個社會階層都有他們的人馬，包括教會人士。

他們的方法非常粗糙，就是利用毀謗及散播明顯不實的謠言，並在必要時透過運動挑起爭端、敗壞對手名聲。

＊＊＊

情報中心公佈了究竟是誰偷走存有原稿的電腦，並且揭發他們入侵網站的計畫。但是誰企圖偷天換日？想方設法把阿納絲塔夏的書換成外表類似的書，但實際內容則是讓人遠離她的想法？

還有人告訴我，同個反對勢力甚至企圖抹黑，以同樣的方法對付阿納絲塔夏、謝琴寧院士創辦的學校，以及歌手巴斯科夫。讀者可能會很驚訝，巴斯科夫與此何干？他是一位善良的年輕人，嗓音優美又有爆發力，這卻正好惹惱了反對勢力。想像一下，這位年輕的俄國人以美妙的嗓音突然唱起：

太陽從鳴響雪松的枝枒升起，
曙光照耀著純淨地球的世代。
清晨的天空以愛的嘆息助人，
星際的微風以笛音愛撫睡眠。
每顆種子都能孕育力量，
每個小孩都有一個使命。
在純白的光線之中喚醒俄羅斯，
願神祝福阿納絲塔夏與俄羅斯。

當初選在聖彼得堡舉辦《我們到底是誰？》新書發表會時，兒童合唱團就在十月音樂廳演唱這首歌。你們或許也聽過吟遊歌者唱過這首歌，這在影片《收復你們自己的家鄉吧》中也曾出現過。這是由白俄羅斯的一位學校老師填詞，現在幾乎已成國民歌曲。巴斯科夫應該還唱了多首關於俄羅斯的愛國歌曲，喚起俄羅斯的民心……復興俄羅斯這樣的全國創舉肯定威脅到某些人了。

有人要我不要擔心，請我不要公佈現況，認為這是我們第一次有機會研究背後的機制，找出是誰企圖顛覆意識形態，反對俄羅斯的任何正向改變。

我大可選擇不說，就讓那些有能力的機構處理，但恕我無法對某一件事莫不吭聲。如果我對此保持緘默，我可能一生都會瞧不起自己。

對於有人攻擊謝琴寧院士創辦的學校、校內的老師——創新的教育工作者，特別是孩子，我實在無法沉默。

謝琴寧學校的師生決定在別爾哥羅德州蓋一座學校。他們與當地機關簽訂合約，開始整修配給的校舍。習慣粗活又會設計和建造的他們很快就完工了，他們想讓其他孩子也能在真正的學校就讀……但他們卻不得不放棄整修完成的校舍，為什麼？因為有人挑起爭端……

當初散播謠言、直指阿納絲塔夏的讀者都是派系份子的人故技重施，指控謝琴寧學校是個極權的派系。

＊＊＊

這次與阿納絲塔夏的情況如出一轍，自稱東正教神父的人彷彿收到訊號，開始出面為這些指控作證——又是同一套說詞、毫無根據的指控。

某個阿列克謝神父寫道，謝琴寧學校的學生「完全沒有管錢的經驗」。老兄啊，這是說謊，他們當然有經驗，只是不像你們這樣愛錢。

「謝琴寧學校訂有『輪流處罰』的制度，犯錯的人站在所有人面前，由眾人一一做出負面回應、給予指責。」

這是什麼指控啊！難道哥薩克人從未「輪流」處罰罪人嗎？當然有，而且不僅口頭指責，還會處以鞭刑。難道我們的民主和共產黨從未用過這種方法嗎？難道教會不會輪流處罰罪人、不會免除聖職嗎？教會做得更過分，他們把罪人綁在木樁上活活燒死。而我們只是在講指責……

或許寫下這段負面評論的人認為，輪流指責的人都跟他的個性一樣？但這就不叫輪流指責了，而是名符其實的極權制度。

還有幾篇文章以負面的言論提到，謝琴寧學校受到哥薩克人的保護，外人無法自由進出校區。

但是各位啊，現在很多學校都有保全，而且不只我們國家這樣。況且，你們想在謝琴寧學校做什麼？倒不如去敬畏神，好好安養身體吧。你們難道不是害怕看到這所學校的孩子不菸不酒，害怕看到他們自己建造校舍、勤奮學習嗎？你們就想看到學校出現毒品和髒話，這樣才會舒爽吧。

我就不一一列出那些對這所美好學校的指控，寫出那些言論的人早就被同儕指責過了。

亞歷山大．亞當斯基寫過一篇文章，我節錄了以下段落：

四月一日星期六，作者電視台（ATV）播出預錄節目「媒體俱樂部」，談論媒體為何大幅報導米哈伊爾・彼得羅維奇・謝琴寧在克拉斯諾達爾邊疆區泰克斯村創辦的學校（現在多數人都已認為到達「大幅報導」的地步）。為此，製作人決定邀請教育新聞記者和教育工作者上節目討論。

從專業和全球的角度來看，謝琴寧創立的體制的確是現代教育中的獨特現象，當然也引起了不少爭議。然而，那些「教育殺手」（亞歷山大・拉多夫的用語）的論點，顯然與質疑謝琴寧物質觀的論點不同。

這些殺手不是在辯論，而是要極力破壞。

教育有史以來，從你們認知的蘇格拉底以來，不知有多少傑出的哲人受到非難，指責他們誤人子弟又不照常規教學。

由此看來，對謝琴寧同樣的「迫害」並非巧合。就如亞歷山大・拉多夫在「媒體俱樂部」節目上所說，過去的這種迫害是由官方發起，但現在則是由外表看似溫和的記者所為了。這些溫和的小男生、小女生，看到與既有印象不符、與他們意見相左的事物，例如學校應是什麼樣子、教育工作者應是什麼樣子，或教育體制應有怎樣的結構。也就是說，只要是他們弄不明白或無法想像的事情，他們就沒有辦法認同。換句話說，「我不懂的東西就無權存在世上」，這就是他們簡單卻致命的邏輯。

這是舊世界的餘孽傾巢而出，極權主義深不見底的殘餘一向對與自己不同的事物，抱持侵略的態度和無法動搖的恨意。在毫無包容的舊世界中，孩子被迫一成不變，老師也被迫以一樣的方式教學。

這從「媒體俱樂部」的開場討論就能證明：某位攻擊謝琴寧的人提到自己的指責是有理由的，不過想先聽聽看支持方的論點。看看這種史達林式的邏輯至今竟還存在：指責方一開始都要先為自己護航，然後決定對手的犯錯程度。他們認為錯一定在別人身上，問題只在於犯錯的程度，以及該用什麼方式懲罰。

與這種批評者爭辯無濟於事，說出他們的名字只是在替他們打廣告、滿足他們的虛榮心，讓他們達到成名的目的。對此一定要有耐心，知道他們只是過時世界的喉舌，是極端無知和惡意的爪牙。以更大的角度來看，其實錯不在他們，就像不能怪小孩玩火柴把家燒掉一樣。話雖如此，學校究竟該怎麼走？我們教育的未來又是如何？

從我們的觀點來看，謝琴寧做了很多了不起的教育創舉，這些迫害者當然都沒看到。他想出全新的教育方式，在學校——自己的教育園地——建立一種生活模式，而這種模式變成他的教育內容。學校當然有教學課綱，當然有教學科目，孩子會讀數學和生物。但這都只是教材，泰克斯村的生活模式才是核心，包括建造房屋、供應食物、保護住處、藝術和人際溝通。此外，大家都說每個孩子都不一樣，不僅學習的步調不同，最能完整開發潛能的領域也不同。然而，目前只有謝琴寧做到這點，讓不同的孩子完全以自己的步調學習。因此，謝琴寧的學生可能在學九年級物理的同時，也在學大學程度的建築學。這才是真正的持續學習。

至今還有誰做到這點？

光用想的就很困難，遑論要想得透徹及實踐了。

謝琴寧先生無疑是個天才，是藝術家、思想家、我們文化中的傑出人物。

但正是因為如此，我們不能把他本人和他的發明放入既有的框架和俗套的定義，不管是好是壞都不能。謝琴寧是個接受辯論的人，是個可以向他學習的人，更是值得讚賞的人。藝術家一旦無人賞識、無人認可，就無法存活了。

但絕對不能侮辱謝琴寧。

任何人都不該受到侮辱，任何人都不該被人毀掉，因為這麼做的人遲早會感到羞恥。只有幫派份子才會靠著毀掉他人來證明自己。想在正常的社會中證明自己，不僅要愛自己、尊重自己，還包括別人。

你可以譴責這些意識形態的「殺手」，但這對他們有什麼影響？他們還會因此獲得獎勵，主子給他們應有的補償，讓他們變本加厲，而且永遠不會受罰。能有什麼懲罰？他們只是發表己見，只是犯了錯，不會有人因為說錯話而受罰。何況他們沒有犯錯。他們將學校稱為極權的派系，藉此達到一個明確的目標：阻止公家機關支持俄羅斯出現美好的開端。畢竟只有少數的官員會親自視察事情的真相，其他人則極力避免有任何接觸。「如果學校真的有問題怎麼辦？」因此，學校才會孤立無援，成為輕易被攻擊的目標，而那些「殺手」處心積慮地發動攻擊。

那我們該怎麼辦？畢竟我們看到不只是老師受到攻訐，就連孩子也無一倖免……要知道，有三百多位俄國孩子在泥濘中遭人踐踏、抹黑及侮辱，這種情況已經有兩年之久了。

我不相信這是俄國人所為，俄國人的個性並非如此，但我們的確對此迫害袖手旁觀。政府高官和百姓也漠不關心，眼睜睜地看著孩子遭受如此無禮的行為和道德迫害。是誰默許的……？

就讓俄國官員來回答吧，但願我們未來不會只能對後輩說：「以前有個叫作謝琴寧的院士在泰克斯村創辦了學校，那裡的三百個孩子都夢想著俄羅斯有個美好的未來。」

我們一定要向未來住在俄國家園的後輩說：「這所在我們那一代成立的學校現在還在，你可以開開心心地去上學，是我們將它保存下來的。」

以後肯定會說的，但現在……

謝琴寧先生、泰克斯村的老師，以及創新的教育工作者！現況對你們來說必定非常艱難，但你們知道……你們清楚知道：「我們不會苟且爬向真理。」孩子也是一樣！泰克斯村學校的孩子。俄羅斯的青年們，如果我做不到我該做的，請你們原諒我……但我可以，很多人也是。你們那邊天氣好嗎？但願和煦宜人，希望你們那邊經常陽光普照，溫暖你們每個人心中的夢想。

＊＊＊

我向阿納絲塔夏的祖父描述現況，希望他可以建議我該如何行動。老人家站在原地、撐著父親給他的手杖，專心地聆聽我的描述。我說完後，請他建議如何因應現況，老人家沉默了一會兒，臉上若有所思的樣子。接著他抬起頭，瞇起眼睛，似乎在掃視四周，開口說：

「所有人，包括我、我父親和大祭司，當初都不知道孫女阿納絲塔夏會如何揭開祕密，以及解釋為何地球變得如此惡臭。肉體的苦難和靈魂的折磨都是人類咎由自取的。

「假如地球最早的文明是最聰明的，那為什麼他們沒有為後代保留幸福的生活？

「現在一切都還能回到神當初創造的世界，卻無人知道如何保存這個世界、如何不再重蹈覆轍。所以她靠著思想，獨自創造了不可思議的組合，並且立刻實現了。所有問題都能獲得解答。

「數千年才能辦到的事，阿納絲塔夏在一個世紀內便實現了，她正在重複這些事件。現在你我都能親身感受地球和自己國家的歷史，做出評斷和結論，並將結論記在家族之書中。人類可以憑藉感覺和靈魂去明白數千年來的種種事件。

「看看現在阿納絲塔夏所受的詆毀，其實你的羅斯祖先也曾被汙辱過，文化甚至滅絕了。

「他們指責古羅斯的自然信仰和吠陀文化原始又可怕，直指那是文化貧瘠的時代。究竟該怎麼讓人感受並瞭解當時的真正面貌呢？

「我的孫女獨自一人將俄羅斯祖先的渴望公諸於世，她一肩挑起所有的攻訐，應對那些在同輩、孩子和孫子面前詆毀祖先的人。

「她彷彿在邀請現在全世界的人各挑一個角色、演出一場歷史劇。要他們扮演自己所選的角色，並從旁觀者的角度去審視局面。就算是在旁觀望的人也是在扮演觀眾的角色，會先體驗及評估事件的發生，之後再試著參與演出。

「我說得太急了。你想知道是誰毀謗及阻礙眾人，我會告訴你，畢竟這對祭司而言並不難。

「有人一直在試圖阻礙每個瞭解孫女阿納絲塔夏理想的人，不讓他們獲得啟發。這些不是普通人，而是某個小型派系操控的生物機器人。這個派系由來已久，但並非來自俄羅斯。」

「但我這裡有好幾份署名的剪報，其中一份清楚提到圖拉教區的傳教辦公室反對阿納絲塔夏，各地也有消息指出部分教會不友善的態度。

「他們之中也有您說的由某派系控制的生物機器人嗎？」

「生物機器人並不曉得自己受人控制，他們很久以前就被植入某種程式，而這個程式沒有預測到阿納絲塔夏的現象，所以才出現重大故障而走向毀滅。」

「我的腦袋實在無法整理這些資訊，我要怎麼找到證據？」

「如果你的腦袋無法整理，就用你的邏輯冷靜地整理吧。任何有能力思考的人都能在自己的邏輯中找到證據。」

「用邏輯整理？」

「是的，人人都能明白簡單的事實。你看，人光憑事實就能推理。」

「怎麼推理？」

「首先，為自己清楚界定阿納絲塔夏給世人的提議。」

「嗯，她提議大家取得至少一公頃的土地，為自己的家人和後代建造家園。她說過，如果每個家庭都能為自己創造天堂的一角，全地球就會變成天堂樂園。她還解釋怎麼栽種可食用的植物，以此對抗人類的各種疾病。此外，她提過健康的生活方式、孩子的撫養及愛護自然，說大自然是由神的思想組成。總而言之，她創造了一個模型，在這個模型中，俄羅斯會變成富裕的國家，每個家庭過著幸福的生活。」

「阿納絲塔夏提及祖傳家園，就是要讓世人明白神聖存在的最大祕密。她讓世人看到重返天堂樂園的道路。只要把她在各集中說過的話放在一起，就能明白這點。

「她揭開了黑暗力量數千年來藏匿的祕密，這些黑暗力量極力摧毀可以幫助人類找到答案的一切。

「在你們所謂的『西元二世紀』時，最後一本由盧恩文字寫成的書被人摧毀了。這本書談到人類的神聖生活方式，也提到只要和諧地開發自己的祖傳土地，以及這個稱為地球的星球，人類就有可能主宰宇宙。

「全面主宰地球的人類將有機會主宰宇宙的其他星球，而主宰其他星球的方式不是靠技術治理，而是心靈感應。」

「可是從來沒有大智者像她這樣談論地球嗎？」

「弗拉狄米爾，你在所有現存的論著當中，無法找到像阿納絲塔夏為人類所做的發現。況且，六千年來，人類始終被人誤導，無法真正地瞭解地球。他們向人類拋出各式各樣的教導，聲稱真理就在其中。

「在研讀一部論著之後，很快發現裡頭沒有真理，但他們馬上又給出一本論著，一本接著一本……人類就這樣度過一生，直到死前都不明白生命的本質。

「雖然如此，人類本能上仍是被地球吸引的，想要徹底地瞭解它。黑暗力量知道無法完全根除人類靈魂的這種渴望，所以只好破壞地球吸引人類的力量。

「整體而言，數世紀以來出現了一堆詭計，過去六千年來，無人能有意識地與地球互動。」

「有意識地互動？阿納絲塔夏是這樣說的嗎？」

「沒錯，她就是這樣說的，大家也是這樣理解她。

「阿納絲塔夏將全人類導向美好的道路，現在沒有人可以阻礙她了，會有很多人把她的夢想放在心中的。」

「話雖如此，但還是有人阻礙、詆毀讀者和阿納絲塔夏。如果他們自知無法阻礙，怎麼還會想詆毀他們呢？」

「弗拉狄米爾，現在是更高層級的力量靠著詆毀，試圖不讓俄國這裡迎接新的世代。不久後，他們還會在其他國家扭曲她的理念，並想盡辦法抹黑。

「阿納絲塔夏早已預測到這種情況，她在行動前已預先想好了，就連大祭司也很佩服。

阿納絲塔夏明白，一旦她揭開人類和地球的本質，全人類就不會再受到阻礙，可以與地球直接互動。欲速則不達，人要先在思想中創造自己的空間。

「俄國的毀謗人士積極地阻礙，但眾人是不會放棄夢想的，反而會毫無退縮地在思想中創造自己的空間。

「這個體制當然非常強大，但你不能胡亂地指責所有人。教會其實對阿納絲塔夏的看法不一。」

「我知道這點，我見過好幾位教會人員瞭解並支持阿納絲塔夏。」

「你和讀者必須知道，俄羅斯現在流傳的訊息到底對誰不利。」

「我想應該是許多自稱已開發的國家，不希望突然看到其他國家更先進。」

「聽起來很合理，但每個國家都住著形形色色的人，你覺得他們所有人都會關注並分析俄羅斯的現況嗎？」

「當然不是所有人都會，但總有一些特定的人有興趣。」

「比方說是誰？」

「誰？嗯，像是向俄國大量販售藥物的藥廠。如果俄羅斯人都不生病，他們就沒錢賺了。」

「還有？」

「還有啊……我們從國外進口了很多食品，但只要阿納絲塔夏的計畫實現，俄國會反過來將食品出口到很多國家，且不會有競爭對手。」

「也就是說，阿納絲塔夏的計畫不會害到其他國家的所有人，而是特定的族群。每個國家都有他們的身影，其中也包括俄國本身，是嗎？」

「是的，大致上沒錯。」

「那告訴我，這些擁有龐大資金的特定族群，旗下會不會有機構追蹤世界發展的趨勢？」

「當然，大公司都有這種機構，否則早就破產了。甚至還有專門訓練這種人才的學校。」

「很好，所以大公司都有機構分析各國的情報，藉此創造對自己有利的條件。」

「是的。」

「你認同這個說法，太好了。如果順著這個邏輯思考，你會發現各國政府都有類似的機構。

「歷史上有很多這樣的例子，而最顯著的是現在美國、歐洲和俄國都有一小群猶太人協助他們治理國家，不過他們也只是祭司利用的工具。」
「這群人與反對阿納絲塔夏構想的東正教會有何關係？」
「如我剛才說過，那些猶如生物機器人的人就是這類型的人，他們的行為受制於祭司的程式，以及分散於世界各地的一小群猶太人。」
「哪裡可以找到這種說法的證據？」
「史實，必須仔細且公正地看待。」

16 致猶太人、基督徒及其他人

接著我會談到猶太人和基督徒，但只是想讓大家稍稍瞭解這兩個互不相容的意識形態有哪些追隨者。我知道並非所有人都明白我為何覺得有必要碰觸這個主題。

我在前一本書只不過是稍微提到猶太人和基督徒，就引來了不少的埋怨。

但阿納絲塔夏的目標其實只有一個，就是希望揭開民族衝突的原因，瞭解五千年來為何衝突不斷。

寫這本書時，理智告訴我最好不要碰觸猶太人和基督徒的主題。何必激怒部分的讀者，甚至讓他們與我為敵呢？然而，根據我手上的資訊，我覺得自己無權將它隱藏，儘管這有可能使某些人反感也無妨。

描述數千年來的猶太人屠殺時，我只會引述史實，盡量不對所述的情況發表個人意見，也不給予主觀的評價。

我的目標只有一個：避免又在各國引起大規模的猶太人屠殺。

這種屠殺的規模可能會遠大於納粹德國的屠殺，而且幾乎無法避免。避免的方法只有一個：充分地瞭解之前屠殺的背後原因，以及付出行動讓這些原因消失。

我會試著避免提到阿納絲塔夏及她祖父的說法，雖然這些西伯利亞泰加林隱士所說的話對我的影響一年比一年深。

對別人來說，他們可能只是虛構的人物，所以我會試著只從眾所皆知的史實找出證據，或是人人都能相信的事件。

言歸正傳，根據史實記載，屠殺猶太人始於埃及法老時期，過去一千年來幾乎每百年發生一次，發生在信奉基督教的國家，而且規模隨著每個世紀擴大。上次猶太人大屠殺發生在一九三九年至一九四五年的納粹德國，猶太人被丟進集中營的火爐活活燒死，甚至慘遭射殺或被毒氣毒死。根據多份資料，猶太人在此時期的死亡人數約為六百萬人。

數千年來，各國反覆發生與猶太人屠殺有關的事件，這就清楚地表示背後一定有某些原因，但有人處心積慮地隱瞞真正的原因。

舉凡平面媒體、廣播和電視等大眾傳媒，都極力避免這個極具爭議性的話題。媒體只要稍微提到類似的話題，就會有人覺得在激起族群仇恨。

事實上，對社會面臨的敏感及爭議問題保持沉默，才更有可能引起族群仇恨。

很多事情都能證明社會對猶太人問題相當敏感。

很多人都知道俄國有位將軍兼國會議員的人曾在國會的台上大聲疾呼：「猶太人滾出俄國！」

部分的國會議員譴責了這位將軍，新聞自然也對他的言論隻字未提。但沒有人起身與他爭論，為什麼？難道國內只有將軍一人抱持這種看法，所以不值得浪費全國人民寶貴的時間與一人爭辯嗎？

我敢說絕對不只他一人，他有很多夥伴。很多將軍、官員和年輕人都有這種想法。

每天都有越來越多人把自己的不幸歸咎於猶太人，正是媒體的沉默讓這種人多到不可勝數。我想引述一些數據，以更有力的方式證明這個現象。

一九九二年起至今，俄國各家出版社共出版了五十多本批評猶太人的書，這個已經夠高的數字還不包括自行出版的上百篇出版物，以及為數眾多的報紙和雜誌。

這些出版物絕對是搶購一空，不會在書店的架上積灰塵。眾人大量傳閱，傳到封面都脫落了。這些出版物的需求量很大。對於媒體未討論這個多數人關注的議題，這些人都選擇無視。他們說：「所有媒體都被猶太人操控了。」這些人的論點非常完整，沒有準備的人實在很難抗衡。

* * *

我坐在火車包廂內，準備從聖彼得堡回莫斯科，這時兩名男子和一名少女走了進來。男子都穿著深色襯衫、繫上寬版軍官腰帶，看起來一臉疲憊，似乎剛參加了密集的活動。他們爬到上鋪就馬上躺下休息。

我和穿得也很正式的少女聊起天來。根據她的說法，原來他們剛參加了「俄國愛國力量」大會。

「大會的宗旨是什麼?」我問少女。

「對抗全世界的猶太人。」她驕傲地說。

「你們都在俄國,要怎麼與國外的人對抗?好比說歐洲、美國。」

「我們在歐洲和美國都有支持者。雖然和他們沒有接觸,但我們知道很多運動的目標都和我們一致。各國的愛國同胞將會團結起來,一起對抗全世界的猶太人。」

少女講得滔滔不絕,而且自信滿滿。不知是受人指使,還是自動自發,這位少女堅信自己背負了倡導「愛國運動」的重責大任。

我問少女:

「您可以告訴我,猶太人曾對您個人造成傷害嗎?」

「當然有,就是因為他們,我才被迫住在一個貧窮又骯髒的國家,一直對西方國家卑躬屈膝,撿他們吃剩的東西。」

「為什麼您會覺得猶太人是國家落後的原因?」

「因為他們有很特別的計畫,欺瞞及劫掠一個又一個的國家。第一個國家才剛重新振作,他們又會對它展開掠奪。他們甚至不把我們當人看。您看看這都寫些什麼,這是《塔木德》的幾段節錄。」她把一本薄薄的冊子翻到某一頁給我看，我讀了起來。

我就不引述這些節錄了，因為在聊天的過程中，我實在說不出他們的想法與《塔木德》的內容有多吻合。但我知道根據舊約聖經的說法，猶太人認為自己是神的選民。但重點不是這個，而是這位自稱「愛國」的年輕人竟然如此狂熱且氣勢洶洶，這讓我很驚訝。一定得親眼看看真相！

很多國家的內部衝突不斷，原因在於同一個社會存在兩個互不相容的宗教意識形態。

我們先來定義什麼是宗教。首先，宗教是指形塑一群人的意識形態，使這些人有如受到程式設定般做出特定的行為。

在這個例子中，猶太人的宗教將他們界定為神的唯一選民，甚至明訂並規範他們對其他民族該有什麼態度。

基督教則認為基督徒是奴隸，只有在俗世的生命結束後，才能在天堂享樂。富人很難上天堂，必須愛鄰居並與他們分享財產。

《塔木德》說「全是你的」，聖經說「獻出一切」。真是巧妙的組合！我們都知道，兩種互不相容的意識形態來自同一個地方——以色列，但不代表都是猶太人想出來的。這不重要，重要的是兩方必然發生衝突。

兩種意識形態的追隨者必然會有衝突，甚至從小孩的行為就能清楚看出這點。假設我們告訴一個孩子，他看到的所有玩具都是他的，但鼓勵另一個孩子在看到別人需要時，要把自己的玩具奉獻出來，這會有什麼結果？

或許前一兩次，第二個孩子願意把自己的玩具拿出來，但他對拿走玩具的人漸漸失去好感，遲早會多少要點回報。他伸出手來，卻沒人給他，最後大哭或試圖動手。

由此看來，因為有兩種不同的意識形態，甚至在還沒出生的孩子之間，就已存在註定會發生的衝突。

在這個例子中，民族完全不是重點。

如果把所有猶太人變成基督徒，把所有斯拉夫人變成猶太人，衝突一樣會發生。

不是不同民族的人都會交惡，而是不同的意識形態在「操弄」民族之分！

就連德才兼備的人也常呼籲不同的信仰要互相包容，杜馬國會也有法律嚴懲煽動民族和宗教仇恨的違法份子。我們更在電視上看過，不同宗教的領袖一起出席俗世政府的聚會。這樣的做法沒什麼問題，很聰明也很正確，但根本沒有避免極端的行為。我們還是很常看到寫著「揍扁他們！」的煽動性標語，各地的社會團體遭人放置炸彈的新聞仍時有所聞。所以到底是怎麼回事？很簡單，幾句漂亮話和呼籲是無法改變現況的。那只會讓事情雪上加霜，使真相隱藏起來，等到關鍵的時刻一次爆發，而使國家滅亡。

＊＊＊

「一起以寬容的態度對待所有信仰。」確實如此。像我就不反對寬容的態度，與很多人都一樣。

但信仰本身做了什麼？告訴你們，每種信仰都極力以最快的速度壯大勢力，盡可能吸收更多信徒。最後，兩種意識形態一旦認為自己有足夠且穩定的基礎，就會開始爭得你死我活。這點從衝突不斷的歷史就能清楚證明，但人類彷彿受到程式設定一樣，數個世紀以來仍不停地重蹈覆轍。

創造兩種意識形態的祭司們知情嗎？當然，他們怎麼可能不知道，畢竟他們有能力影響各國數百萬人的心理，能夠編寫眾人腦中的程式。

他們說猶太人是神的選民，真的是要讓他們開心嗎？歷史告訴我們，他們的目的完全不是這樣。數個世紀以來，猶太人始終被他們當作交換的籌碼、代罪羔羊和擋箭牌，要讓人看不清楚是誰在操控全局，是誰在簡單的棋局中將猶太人和基督徒當做棋子。這個如程式般的設定使得兩方都受苦。

你們也看得出來，這一切的後果是什麼：世界上累積越來越多的侵略能量，以色列和巴勒斯坦的衝突不斷。以色列靠著美國的軍事科技和支持，有能力佔領巴勒斯坦，逼迫當地居民服從命令。但這不代表兩個相鄰的民族就會互相尊重，穆斯林世界對猶太人的侵略能量反而越來越大。這種能量最後一定會爆發，而造成以色列和美國的恐怖攻擊接二連三地發生。

不過，這並非全是因為以巴兩國的直接衝突。

地球上很多人開始漸漸明白，地球文明的發展正在走向死路。

世人漸漸被愛滋病、毒品、犯罪和科技災害吞噬，絕大多數的人沒有機會吃到對健康無害的食物、喝到純淨無汙染的水、呼吸乾淨無害的空氣。

但如果這群人知道社會和科技災害的真正原因，會怎麼樣？如果有領袖告訴眾人誰是世界現況的始作俑者，揭露背後的把戲、目的和任務，又會怎麼樣？

全世界的意識形態份子正是害怕這點，才會為了避免世人的怒氣朝向自己，一而再、再而三地丟出受過考驗的棋子——猶太人。沒錯，他們成為過街老鼠，人人喊打。眾人是非不分地攻擊猶太人，這樣的情況數百年來不斷發生。大家攻擊他們，以為這樣就能消除惡端，但事實上，眾人只是在「出氣」。

17 深入歷史

聽著阿納絲塔夏祖父描述的故事，我出乎意料地發現，要找出證據其實出奇地容易。

我後來把他的結論與其他的資料比對一下，驚訝地發現竟有吻合的地方，令我以邏輯思考做了一些結論。在我接下來自己所做的描述中，我會試著把阿納絲塔夏祖父的結論和其他資料放在一起討論。

西元三〇〇至一〇〇〇年，以色列（巴勒斯坦）和羅馬帝國境內同時住著少數信教的猶太人，以及其他不信教的人。他們在猶太教內合成一股獨立的流派，成為一個不大的基督教族群，虔誠地信奉耶穌基督的箴言，並相信他很快就能復活。

這項事實可以在很多歷史論述中找到證據，包括聖經在內。

簡單來說，證據顯示，影響後世深遠的基督教義最初就是出自這一小群猶太人。

但現在讓我們來釐清一下，為什麼少數人的教義能夠突然深入羅馬帝國，乃至現在的歐洲和俄羅斯呢？

就連以色列都很少人知道這些教義，各國的多數人是從何得知的呢？

根據阿納絲塔夏祖父的說法，當時操控猶太人的祭司觀察到，只要改造一下（應該說是重造）基督教義，就能塑造出一群如奴隸般而很好控制的人。這種人會拋棄部分或幾乎所有的邏輯思考，開始相信教會人員或其他人對他們所說的一切。更精確來說，他們變成了生物機器人，聽命於深植他們腦袋的程式。

（生物機器人是指願意相信虛假世界的人，而這當然並非完全出於自願，而是受到特殊的玄虛程式影響。這種虛幻世界是由某人基於特定目的創造而成，所以這個某人聲稱自己知道虛假世界的規則，並要求別人遵守，但其實是要他們服從自己。）

當時猶太教的祭司不僅握有知識，還有實際的經驗，懂得向這些人灌輸自己所需的教義。祭司在基督徒之中訓練了上百位傳教士，贊助他們資金，把他們送往各國，向民眾灌輸自己所需的教義。

這項事實的間接證據如下：

猶太裔基督徒原本只是積極地傳福音，包括出版及抄寫希伯來聖經，但到了西元二世紀末，他們卻一夕之間在各國展開大規模的傳教活動。

大家都知道連現在出書都要花錢了，何況是在古代。當時出書不只花錢，而是很多的錢。而出國也要不少的資金，只有富豪或達官顯要才負擔得起。

所以說，這些猶太裔基督徒絕大多數都是鄉村居民，要怎麼執行規模如此浩大、揮霍的行動呢？

想當然耳，他們一定受過專業的理論訓練，並且收到不少的資金。祭司找上他們，給予精神和物質的支持，將信教的普通農民變成狂熱份子。

各位自己想像一下，突然有人告訴以色列的村民：「我們覺得你可以成為一名偉大的傳教士。只要稍微訓練一下，我們再給你錢，你就能教導眾人，不過……只是不在國內，你要到國外一趟。」

他們接受了訓練和資金，然後到其他國家。結果呢？成功了嗎？無功而返。所有國家的民眾都將猶太傳教士拒於門外。其實不只拒絕，居民一開始聽聽就罷了，後來開始要求他們離開，甚至毆打特別煩人的傳教士、放狗咬人。

這點在羅馬帝國有很多事實可以證明，畢竟當時傳教士主要都是送往此地。

這場大規模行動的唯一成果，只有羅馬帝國的一些地方出現了基督教團體，但這絲毫沒有動搖傳統信仰的根基。

古羅馬還是以自然信仰為主，那些派系對帝國的政治毫無影響，也未形成祭司期待的新族群——像奴隸般的生物機器人。

多位羅馬皇帝都不歡迎第一波傳教活動。

尼祿皇帝雖對不同的自然信仰抱持著寬容的態度，但唯獨不喜歡基督教。很多皇帝都曾下令將基督徒驅逐出境，包括戴歐尼修斯（249-251）、戴克里先（284-285）、伽列里烏斯（305-311），其中尤以伽列里烏斯的迫害最為嚴重。

直到第二波傳教才有成果。第二波的傳教士不再是狂熱份子，祭司一方面把他們訓練成能說善道的人，另一方面讓他們學習操控人心的心理戰術，利用人的渴望達成自己的目的。

第二波傳教的唯一目標是影響統治者，說服他們相信基督教可以鞏固他們的權力，幫助他們永遠且全面地統治及控制國家，並使國家富強。

傳教士為此介紹了「君權神授」、「君主是神在人間的代表」等教義。

透過懺悔，統治者可以控制所有國民的思想、期望和行為。簡而言之，他們要讓統治者相信，全國信奉基督教有利於國家統治。

表面上看似有利，實際上卻不然。統治者中了這個圈套，沒有察覺自己其實受到外來勢力的統治。

三一二年起，基督教很明顯地在羅馬帝國開始穩住地位，他們成功說服君士坦丁大帝，讓他相信在國內建造教堂對他很有利。

君士坦丁答應庇護並支持他們，但同時還是保留了羅馬神祇的廟宇。

此後，基督教在羅馬帝國的地位大幅提升。他們累積了財富，後代的主教更得到與羅馬元老院相等的權力。

這個事實和後來發生的許多事情，都證明了基督教義如果沒有世俗君主的支持，根本無法壯大或對社會帶來重大影響。基督教的領導者本身也常覬覦權力。

羅馬教會至今仍享有很大的權力，但羅馬帝國已經不存在了，這是巧合嗎？這是例外，還是定律？想要回答這個問題，可以從後來好幾世紀到今天的國家歷史說起。

沒有人舉得出來，地球上有哪個國家能在基督教傳入後富強的，反倒可以說出好幾個與羅馬帝國有著一樣悲慘下場的國家。

還有一個史實很有趣：任何國家一旦接受基督教，不久後必會出現非基督徒的猶太人。他們從事非常怪異的活動，輕輕鬆鬆地就能致富。

在所有基督教國家中，猶太人的活動規模都很大，民眾和政府很難不注意到。猶太人的活動達到巔峰時，民眾便會對他們暴力相向，政府開始驅逐他們。

很多資料顯示，早在十一世紀起，就有很多基督教國家出現迫害猶太人的情況。一〇九六年，萊茵河地區數十個猶太社群遭到攻擊，居民遭人驅逐。一二九〇年，英國驅逐猶太人。十四世紀末，西班牙超過十萬名猶太人慘遭殺害（但他們後來又悄悄回到這些國家）。

我還能舉出一大堆史實，但何必呢？我們都已清楚知道，數個世紀以來，類似的事件不斷上演，就像設定好的程式一樣。

既然基督教世界和猶太人本身都有損失，表示一定有個毫髮無傷的第三方。對這個第三方而言，基督教世界和猶太人只是很好操控的生物機器人。

這個第三方是誰？歷史學家試著抽絲剝繭，想要找出數千年來一直目無法紀的源頭，卻總是將矛頭指向猶太人。

他們說都是猶太人的錯，但如果真的有第三方，表示猶太人和基督徒都只是他們手中的魁儡、生物機器人。

但現在有可能找到第三方，並證明他們的存在嗎？當然有可能。不過要用什麼方法？只要用史實和邏輯思考就行了，你們可以自行判斷。

* * *

猶太社會中有個世系，或稱支派、種族、階級，怎麼稱呼都可，畢竟這不是重點。為描述方便，以下統稱為「利未人」。

有些史料顯示，利未人是埃及祭司的後代。另外，根據很多較為人知的資料，尤其是舊約聖經，我們知道利未人擁有特殊的地位。

舉例來說，根據以色列律法，他們不用參與軍事行動、繳稅或進貢。以色列進行人口普查時（舊約聖經提過），利未人也不需列入普查。

五萬至十五萬名以色列人遷徙時，會在紮營時把營帳搭成一圈，各在事先指定的位置，代表東南西北和守衛的位置。而利未人每次都住在中間的營帳。實際上，保護利未人是所有以色列人的責任。

那利未人要做什麼？

他們的責任包括在族群中選出神職人員、監督猶太人是否遵守律法。這些律法規定了該吃什麼、如何處理不虔誠的人，以及可以去哪裡。

律法訂得嚴格又具體，從早到晚醒著的時間都在規範之內；另也規定可以住在哪裡、在哪些土地上，以及應該與誰對抗。

由此可知，利未人是猶太民族的實質領袖。從一切條件來看，他們完全有資格當統治者。

很難判斷利未人是否也是猶太人。每個猶太人必須遵守的律法，並非每一條都適用於利未人。舉例來說，根據猶太律法，所有孩子在出生後的第八天都要行割禮，但利未人除外。

總之，他們知道埃及祭司的祕密科學，有機會可以實驗、觀察和思考，不用當兵或從事他人的日常工作，這讓他們可以世世代代精進自己的知識，直到今天亦是如此。

怎麼「直到今天」？有人可能會懷疑，因為從未聽過什麼利未人，不知道這個種族或支派是什麼。很多人都聽過英國人、俄國人和法國人，但為什麼這個聰明絕頂又統治所有人的利未人，卻很少被人知道？

原因就和埃及祭司的情況一樣，他們也要躲在暗處。一旦有狀況發生，所有過錯都推到猶太人身上，責怪替他們執行意志的人。

數千年來，世界各國有眾多猶太人遭到迫害，為什麼？因為猶太人時常用盡一切辦法賺取最多的錢，而且他們很多人都成功了。

話說回來，利未人到底與此何干？英國、西班牙或俄羅斯的猶太人執行他們自己的政策時，將可觀的政府和私人財產轉進自己的戶頭，也就是佔為己有，這樣做有什麼好處或利益？難道各國人民或統治者不會看到這種卑劣的行為，而對猶太人暴力相向或行使不公的對待嗎？畢竟這可能也會波及到利未人。這樣的行為對聰明的利未人來說，一點都不合理。況且，這個聰明的支派何必要幫猶太人，還替他們想出詭計，操控整個國家呢？

這一定有原因，就是直接、簡單又具體的利益關係——錢啊！富有的猶太人不管身在哪個國家，都要把部分的收入分給利未人。有證據嗎？當然有！根據舊約聖經的記載，以色列人必須把收入的十分之一獻給利未人。完整內容如下：

凡以色列人所獻給主聖物中的舉祭，我都賜給你和你的兒女，當作永得分。這是給你和你的後裔、在主面前作為永遠的鹽約（鹽即不廢壞的意思）。主對亞倫說：你在以色列人的境內不可有產業，在他們中間也不可有分。我就是你的分，是你的產業。凡以色列中出產的十分之一，我已賜給利未的子孫為業；因他們所辦的是會幕的事，所以賜給他們為酬他們的勞。從今以後，以色列人不可挨近會幕，免得他們擔罪而死。惟獨利未人要辦會幕的事，擔當罪孽；這要作你們世世代代永遠的定例。他們在以色列人中不可有產業；因為以色列人中出產的十分之一，就是獻給主為舉祭的，我已賜給利未人為業。所以我對他們說：在以色列人中不可有產業。主吩咐摩西說：你曉諭利未人說：你們從以色列人中所取的十分之一，就是我給你們為業的，要再從那十分之一中取十分之一作為舉祭獻給主，這舉祭要算為你們場上的穀，又如滿酒醡的酒。這樣，你們從以色列人中所得的十分之一也要作舉祭獻給主，從這十分之一中，將所獻給主的舉祭歸給祭司亞倫。奉給你們的一切禮物，要從其中將至好的，就是分別為聖的，獻給主為舉祭。

所以你要對利未人說：你們從其中將至好的舉起，這就算為你們場上的糧，又如酒醡的酒。你們和你們家屬隨處可以吃；這原是你們的賞賜，是酬你們在會幕裡辦事的勞。

（《民數記》18:19-31）

可能有人會想，兩千多年前的舊約聖經與現在的情況有何關係。這個問題是可以回答的。難道現在信教的猶太人中，已經沒有神職人員或拉比了嗎？當然還有！況且大部分的猶太人至今仍然遵循宗教的經典。如果真是這樣，就可以試著想像一下，利未人在世界各地的銀行帳戶中有多麼龐大的資產了。

他們還不用費心保管或增加資產，因為各國的銀行主管很多都是猶太人，那就是他們的責任。有必要時，利未人當然會提示要把錢投資在哪裡，支持哪個政權、集團或哪個反對現任政府的陣營，或者反過來用與錢有關的詭計毀掉他們。

或許有人會懷疑阿納絲塔夏的說法，不相信全世界的人僅由區區幾位祭司統治。但是現在，經過一連串的邏輯推演後，只要還能邏輯思考的人，都不會再懷疑了吧。狂熱份子當然除外。

邏輯是這樣的：

在祭司的領導之下，當初約有一百萬名猶太人出走埃及，而利未人是祭司的貼身助手，奉命將猶太人形塑成特定的人種。為此，他們創立了特定意識形態的宗教，建議舉行一系列的儀式及實踐特殊的生活方式。

利未人成功達成了這項任務。幾千年前創造的意識形態，至今仍深深影響猶太人，這讓他們和地球上許多國家的人民不同。

這種意識形態的其中一個關鍵原則是：神在地球上的眾多民族之間，只將猶太人視為自己的選民。

總之，這種意識形態傳到了今天，猶太人也都還存在，衝突事件層出不窮，這很多人都知道。但利未人在哪裡？我們聽過很多他們的故事嗎？不，幾乎沒有聽過。這就是他們狡猾或聰明的地方（隨你們怎麼覺得），但他們確實存在。

現在想像一下，地球上有一小群人擁有多過其他人的玄祕知識，而且過去幾千年來，不斷累積著影響大眾的實際經驗。

有什麼機構能與他們抗衡嗎？好比說那種專門研究國家發展和意識形態的官方贊助機

構？

不可能，其中原因很多，主要如下：

利未人世世代代傳承玄祕知識，至今不墜。

現代科學拒絕接受玄祕知識，不覺得這是值得認真研究的領域。

這種詭異的情況並非巧合，但為什麼說詭異？你們判斷一下就知道。

一方面，政府對若干宗教給予官方的承認，但這些宗教本身就非常玄祕。政府還為他們創造有利的條件，幫助他們致富。另一方面，政府卻沒有創造條件讓科學界研究這些玄祕的趨勢。也就是說，國家訂有能夠影響人心的合法結構，但世俗政府卻對實際的影響一無所知。到頭來是誰在統治誰呢？

第二，政府和所有能夠思考的人民都能夠試著學習歷史教訓，歷史對人生而言是個很好的教材。但想做到這點，我們要先熟悉歷史。統治世界的人明白這一點，反觀大多數的人（包括政府）都不知道自己國家的歷史，所知的也僅僅是扭曲的歷史，俄國就是很好的例子。

＊＊＊

不久前，我們還在學校和大學的人文學科，特別是文學課裡聽過（其實是到處都聽得到），我們的爺爺奶奶在沙皇時代過得多糟多糟。大多數的人對此不但深信不疑，甚至還稱讚那些讓我們脫離恐怖沙皇的人。在許多人眼中，穿著皮夾克的政務委員是英雄、是偶像，而教士是愚民的象徵。

但在一夕之間，歷史就在我們眼前……注意，不是兩三個世代或世紀，而是直接在我們眼前改變了。

穿著皮夾克的政委成了流氓，對人民實施種族滅絕計畫。沙皇時代之後，我們活在世上最悲慘、最極權的國家。大多數的人又對此深信不疑，又稱讚起那些讓我們脫離極權國家桎梏的人。

我不打算評析每個政權的優劣，但希望我們都能思考「改變」這個現象——我們的意識在極短的期間內有極端的改變。我們應該思考，為何有如此劇烈的改變。改變是自然而然發生的，還是受到某人操控的呢？

這裡依然不難猜到，我們的意識從古至今都容易受到操控，至今亦是如此。我們就像別人手中的實驗品。

只有操控之主彼此相互競爭。他們讓我們沒有能力感受歷史的真相。

但讓我們來試著釐清，這個真相到底是什麼。不要用別人的話定義歷史真相，應該靠著自己的推理去理解。

仔細觀察一下，我們每天都在電視上看到不知多少夫妻不忠的戲劇，看著別人討論各種根本不重要的問題，但又希望政治人物、記者和作者不要提到嚴重的議題。這種議題只是曇花一現，之後便立刻消失在八卦謠言、暴力影集、影響心理的廣告及口水戰之中。

我們必須嚴肅地分析現況，對地球現代人的生活狀態提出批判性分析，再對未來制訂計畫。我們需要全新的意識形態，一個不會造成衝突而能團結所有國家的意識形態。

然而，說一千次這有多重要，甚至大聲疾呼一千次，那都不會實現的。就算我們集結各國頂尖的專家，大家坐下來集思廣益，一樣不會有結果的，只會永無止境地爭吵。

如果科學可以發展這樣的意識形態，老早就想出來並付諸實踐了，但現在連一個國家都沒做到。

阿納絲塔夏。現在她是誰已經不重要了，重要的是別的。

面對現在雜亂無章的世界，阿納絲塔夏將祖傳家園的構想獻給了世人。現在已很清楚明瞭，她所用的簡單詞彙形成了一種哲理、新的意識形態。從創世以來，這種意識形態一直在人的心中屹立不搖，未來也將是如此。

不管是國王或乞丐、基督徒或猶太人、穆斯林或神道教、俄國人、中國人或美國人，始終都能在神聖自然的懷抱下，為靈魂找到最大的恩典與慰藉。

阿納絲塔夏的哲理不是依靠文字，而是藉著行動團結不同民族的興趣。事實告訴我們，包括猶太人在內的許多不同民族都接受了她的哲理，我對此也有見證紀錄。

在此邀請猶太裔中善於分析的專家、基督徒和愛國運動人士，大家一起討論她的構想、她的哲學理念。無論規模大小，所有宗教領袖都歡迎。討論本身就是有創意的過程，有助於對立的兩方團結起來，達到神所希望的「共同的創造及其深思帶給萬物的快樂」。

18 從十字架放下耶穌基督

我就開宗明義地說，千萬別把耶穌基督的箴言和俄國教會長老的無私行為，與我們現在談論的各種玄虛儀式搞混，否則會讓他們美好無比的教導被玄虛的機制抵銷掉。

你們也知道，耶穌基督與這些機制毫無關聯。

況且他至今仍被釘在十字架上，這都是因為玄虛份子的作為和我們的無知所致。

我曾刻意用幾章的篇幅，描述人類用來創造意象的思想能量有多強大。如果你們理解，那告訴我，在你們的腦海中，在大多數信徒的想法中，耶穌基督最鮮明的意象是什麼？我得到的答案都是釘在十字架上的耶穌基督。

每座東正教和天主教堂都有十字架，這種玄虛的機制是誰想出來的？他們有何目的？難道耶穌基督想把這個意象放在最顯眼的位置，比其他事物都還重要嗎？當然不可能！

但是我們——就是我們，仍用思想的力量繼續投射十字架的意象。請注意，我說的是十字架，而非復活。我們親吻的不是復活的圖像，而是十字架。正是因為如此，我們把他留在十字架上。

這個簡單不過的玄虛機制利用人類的集體思想能量，創造了一個意象。只要我們不明白這點，不透過思想放他下來；只要我們繼續陷在玄虛的詭計中，耶穌基督就會一直留在十字架上。

祭司當初創立宗教時，在每個宗教中都放入了玄虛的儀式和教條。任何宗教——甚至是最光明的、那種勸人向善、行善的宗教，只要祭司加入一點細微的變化，就會變成他們最強的武器和機制。這種機制有助他們統治全世界、唆使大家互相敵視，甚至出現自相殘殺。這點從古至今都是如此。現在仍有很多宗教具有玄虛的儀式和教條，而背後的意義和對人類的影響，只有祭司自己知道。

大多數人對耶穌基督的印象都是釘在十字架上，這都是因為玄虛的儀式所致。而有這種印象的人，他們自己（或更精確地說，他們的靈魂）也會被釘在十字架上，除非他們不再投射這種意象。

釘在十字架的集體想法非常強烈，甚至可以穿透現代人的身體。時不時就有信徒的身上出現耶穌基督流血的傷口，人稱「神祕聖痕」。許多科學家認為，聖痕——流血的傷口——是精神疾病所致。對此，我想補充一點：這種疾病並非單一個案，而是部分社會的通病，主因在於祭司灌輸的玄虛儀式。

然而，有些人不是去深究這個現象，反而從中建立起事業。

舉例來說，阿根廷聖尼古拉斯住著一位擁有聖痕的女子葛萊蒂絲．莫塔（Gladys Motta）。在她家附近，凡是與她直接或間接有關的商品都賣得很好。

我眼前的西伯利亞老翁說：

「人類的自相殘殺，以及你們所謂的恐怖主義，都是祭司植入大大小小教派的教條所致。「人類真正的神聖生活不在地球上，而在另一個次元，這正是他們想出來的；天堂意象只在神造的地球之外，這也是他們想出來的。這個教條讓很多宗教狂熱份子蔑視世俗生活，只要對他們的心理施展一點影響，就能讓他們自相殘殺。

「阿納絲塔夏透過很多話語和文字，試著讓我們明白這一點。雖然不是人人都能理解阿納絲塔夏的言論，不是所有人都能明白我的話，但是弗拉狄米爾，你和讀者必須仔細思考我們說的話，自己找出例子和證據。將不同的語言合而為一，就能解放世人。

「仔細觀察現代戰爭和恐怖主義的起源，就能清楚看到可怕的教條給人帶來了什麼影響。」

＊＊＊

這位西伯利亞老先生繼續侃侃而談這個話題。就我看來，他好像有點激動了，偶爾才會停下來，匆匆地摸著戴在胸前的雪松塊，又重新談到我們必須看到並感受到玄虛儀式和教條所帶來的影響。

「如果人不開始自己思考或學會辨別，靈性導師也無法幫助他們脫離這些影響。」祖父說。

我想我理解了他所說的重要性，我決定檢視我們生活中的恐怖主義現象。未來我們要一起努力，現在我只是先起個頭。

19 恐怖主義

這幾年來，很多國家的恐怖攻擊層出不窮，美國二〇〇一年九月十一日的死傷慘重事件，仍是現代人揮之不去的記憶。我國不久前也發生了可怕的恐怖攻擊：二〇〇二年十月二十三至二十六日，恐怖份子闖入莫斯科杜布羅夫卡街的中央劇院，挾持八百多位觀看音樂劇《東北風》（Nord-Ost）的民眾。

在這兩起死傷慘重的恐怖攻擊之間，世界各地還陸續發生過多起事件，雖然較不「聳動」，但同樣奪走了許多人命。

各國政府每次都會嚴厲譴責恐怖份子，特種部隊保證罪犯一定會受到懲罰，同時加強預防措施。

國際間開始聯手打擊恐怖主義，但問題至今仍不見改善，手法反而更精明、規模更大，讓人以為有人總是以高明的手段，將政府與特種部隊帶往錯誤的方向。

各地多起恐怖攻擊的真正源頭和幕後黑手是誰，俄國不久前就有人稍稍提到。

十月二十三至二十六日劇院遭到挾持的期間，各大電視頻道播了很多訪談和評論，其中包括應變中心由俄國內政部次長代為發表的聲明稿。次長相貌堂堂、一頭灰髮，說話如軍人般清晰，沒有贅詞或「呃—呃—呃」這種聲音。說話顯然經過深思熟慮且富含情感，代表他的思想夠快、夠清楚。他是最早提出「我們面對的是宗教狂熱份子」的人之一。可能很多人都沒注意到這句話，但對少數瞭解狀況的人而言，這句話彷彿當頭棒喝：首次有人提到恐怖主義的根基，還是出自內政部次長之口。

恐怖攻擊之後，還有人提到「伊斯蘭基本教義派」這個概念。據傳伊斯蘭基本教義派已向基督徒和猶太人宣戰。具體來說，以色列、俄國和美國首當其衝。

問題來了：要如何對抗這些宗教狂熱份子？我建議先冷靜下來，更審慎地思考情況。

我們先來判斷，宗教狂熱是只出現在伊斯蘭教，還是別的宗教也有。當然都有。回想一下歷史，回想基督徒發動了多少聖戰，回想《女貴族馬洛佐娃》（Boyarynya Morozova）這幅畫，回想有多少烈士願意為了教義殉道，死後還受封為聖人。

思考後，就會發現事實再清楚不過了：並非全是宗教本身的問題，而是滲入不同宗教的特定教條，使人藐視自己的生命。為了宗教而自殺的狂熱份子深信：自己不是藐視生命，而是過渡到真正的生命。

怎麼會這樣？無論是伊斯蘭教還是基督教，總能找到一群特別忠於教條的信徒。這時再藉助玄虛的儀式加強他們的信仰，使之達到狂熱的地步，就能讓他們變成生物機器人，相信自己看不見或無法以邏輯理解的事物。

接著，熟悉心理作用的人，清楚知道要按下生物機器人的哪些按鈕，然後按下去。但當然不是用手按。只要指著為了光明生活而應摧毀的目標，生物機器人便會自行擬定摧毀行動並加以執行。對他們而言，自己的世俗生活已經沒有意義，他們相信自己會過渡到更好、如天堂般的生活。

因此，只要「美好不在世上，而在別處」的教條存在，什麼特種部隊或軍隊都不可能消滅自殺攻擊的恐怖份子。

我們假設一種情形：世界大國的特種部隊全部集結起來，一起殲滅了所有恐怖份子，但這能改變什麼?新的恐怖份子又會出現，畢竟製造他們的教條仍然存在。

那要怎麼解決?當然還是需要傳統的預防措施，但除此之外，我們還要瞭解教條的危險並加以摧毀，以免製造出越來越多的自殺恐怖份子。

瞭解!這是現在最重要的任務!不然打擊恐怖主義終究會變成一場笑話。

再假設另一種情形：有位宗教狂熱份子——自殺攻擊的恐怖份子——挾持一架飛機，準備攻擊大城市的地標。政府與他談判，表示願意完成他的任何要求。但談判的人根本不知道，這位宗教狂熱份子不是要對方幫他完成要求，而是希望一死了之，前往他心中的世外天堂。

這種世外天堂的教條由不同宗教的集體思想投射而成，不是信徒的人也同樣受到影響。數千年來，它對人類社會有著毀滅性的影響。

＊＊＊

我接下來要說的可能聽起來不切實際，甚至有點虛幻，不過或許這是唯一一個無需暴力的解決方法。

東正教牧首、伊斯蘭穆夫提和各大宗教的長者（尤其是基督教、天主教和伊斯蘭教）必須立刻齊聚一堂，審慎看待世界的現況，並改變自己教義中摧毀生命的教條。他們必須幫助宗教狂熱份子重拾人生觀，大聲宣告：「我們的天父就在這裡，就在地球上，不是在別處。」

但如果宗教領袖不聚在一起呢？如果他們不願做此宣告呢？

不用擔心。

因為已經有人宣告了！

單靠宗教領袖呼籲大家「和睦相處」，已經無法觸動任何人；單靠「我們與恐怖份子無關」這種聲明，已經鮮少有人相信，所以需要更激烈的手段。

我剛說過，齊聚一堂並做出宣告的這種做法，可能會被人當作不切實際，但我們來想一想，為什麼這種簡單又實際的做法會被當作不切實際呢？
為什麼我們不相信高階的靈性人士可以達成共識？
如果他們無法達成共識，還能期待一般的信徒做什麼？
如果他們自己無法達成共識，明智的公眾和政府就必須幫助他們。
一定要達成共識！否則就會淪到威力驚人的炸彈替他們說話。
最好是讓人的理智說話——神子的理智。

＊＊＊

乍看之下，可能會覺得阿納絲塔夏的構想要花很久的時間，才能為俄國和其他國家帶來正面的影響，畢竟人類的意識都是慢慢改變而成。然而，事實上，很多讀者的意識在一夕之間就改變了。

我們來看看如果俄國政府、杜馬國會制定並通過新法，決議按照阿納絲塔夏的建議，讓每個有意願的家庭分得一公頃的土地建造家園，車臣地區會有什麼情況。

車臣地區會怎麼樣?應該會是這樣:

已經住在難民營三年的兩萬名難民可以得到自己的家園。

在骯髒的難民城中,這些難民營可以在三年內變成美麗的花園,部分居民還可以建造房屋。

是誰阻礙這一切的發生?就是那些不希望和平而渴望動亂的人,那些企圖不讓俄國發生任何正向改變的人。

你們這群傢伙只是白費力氣!你們壓根不知道阿納絲塔夏是誰、她顯現的力量有多強大。

我要表明一件事:她不只會在未來把想法創造出來,現在其實已經實現了。她的想法已成事實,從你們的反對就能證明。工地雖然都會出現垃圾,但之後一定會清掃乾淨,種出一片花海。

20 自然信仰

批評阿納絲塔夏的人大多說她是自然信仰者，卻從未真的找出證據，或去檢視這位泰加林隱士提出的構想，更不管阿納絲塔夏早就表明自己是吠陀羅斯人了。

她是自然信仰者又怎樣？日本到現在幾乎仍可說是自然信仰的國家，全盛時期的羅馬帝國也信仰自然。我們的先祖父母也是自然信仰者，而且不只如此，埃及王朝和羅馬帝國如日中天時，羅斯仍然保有吠陀文化。

所以我們應該為自己的自然信仰歷史、自己的起源感到驕傲，還是羞愧？

我們被別人灌輸了一種觀念，說我們要為自己的起源感到羞愧。

「自然信仰」、「自然信仰者」這些字變成一種文字象徵，代表不好、糟糕的事物；「基督徒」也變成文字象徵，但代表的是靈性、正直、智慧的啟蒙和接近神。

今天我們可以把基督徒當作一種類型的人去觀察，根據他們的行為結果評斷他們的價值。我們可以根據自己現在的生活方式做出評斷……。等等，我們沒有辦法評斷！我們無法拿它與經常受到指責的先人生活相比，因為我們對先祖父母的自然信仰一無所知。

總之，我們知道的國家歷史都是被人灌輸的：

他們說我們的先人可怕又無知，但啟蒙人士帶來了源自以色列的思想觀念——基督教。

俄羅斯公爵弗拉基米爾接受後，讓整個羅斯信奉基督教。

不久前，我們才慶祝羅斯受洗一千年，但一千年是什麼意思？對於數十億年而言，這只不過是一瞬間。但我們先別想成一瞬間，以一天來計好了。壓縮時間的能力相當重要，你們看看可以得到什麼結果。

假設您在美好的早晨起床，看到幾位客人來訪。他們告訴您，您的父母是糟糕又可怕的自然信仰者，所以您必須改信基督教，不能再與大自然溝通。他們說您必須贖罪，因為您的父母犯錯，他們的罪要由您承擔。

您立刻認同了幾位外人的說詞，跟著他們走進教堂，親吻他們的手。您懇求他們的祝福，甚至避免想起父母。您將他們從記憶中抹除，只留下了「自然信仰就是糟糕」的觀念。

這就是用壓縮時間這種方式得到的結果。

過去一千年來，外人始終把我們的注意力轉移到各種事情上，描述誰與誰打仗、他們建造了哪些宏偉的建築、哪個公爵或沙皇娶了誰、誰用什麼方式掌權。但與您對父母和他們文化的態度相比，那一點實質意義都沒有。其餘所有事件、災難和不幸的主因只有一個，就是背叛自己的父母。

「但我們從來沒有背叛父母。」可能會有人如此爭辯，「那畢竟是一千多年前的事，當時的人和現在完全不一樣。」

那我換個方式解釋好了，把時間拉長，但本質不會改變。

您久遠（非常久遠）的先祖母是自然信仰者，她喜愛也瞭解自然，認識宇宙也知道日出的意義。她生下了您……在非常久遠以前的美麗花園生下了您。漂亮的先祖母因為您而開心，您的先祖父因為您的出現而感到幸福。

您的先祖父母希望您——距離現在很久很久以前的您——把美麗的空間變得更漂亮，讓美好的空間經過一代又一代的美化，最後傳給現在的您，這樣您就能活在變成神聖天堂的地球上。這是他們特別為您做的。

他們是自然信仰者，可以透過自然瞭解神的思想。您久遠（非常久遠）的先祖父母知道如何讓您幸福。正是因為他們信仰自然，才會知道這點。

您的先祖父在一場實力懸殊的戰爭中犧牲，他為了您的未來與外來的傭兵對抗。

您的先祖母因為不願拿您的美好未來與您現在的情況交換，而被活活燒死。

但今天還是到來了……

自然信仰者的後代現在竟然跪在燒死先祖母、殺死先祖父的人面前，親吻他們的手。

他們親吻著手，歌頌俄羅斯所向無敵，唱著俄羅斯精神的歌曲，像奴隸般卑躬屈膝超過千年。

這算什麼自由？千年來受人桎梏的你們、被外來意識形態愚弄荼毒的你們，該醒醒了！有能力的人趕快醒醒，好好思考一番！阿納絲塔夏這位西伯利亞的隱士、這位俄羅斯女子，怎麼才稍微提到俄羅斯的歷史，就馬上遭人反對，而且不在別處，而是俄國境內？！

如果我們覺得這個國家沒有受外來意識形態綁架，那麼反對的人是誰？原來是俄國人自己不願聽到別人稍微提到過去和祖先，彷彿完全失去了理智。

不，並非完全如此，因為現在有很多人寫信、譜曲和作詩獻給阿納絲塔夏，出版她的言論的書也印了不下百萬本。

俄國人開始對自己孩子的幸福抱持夢想。他們的心開始與久遠和近代的祖先產生共鳴。反對的行為是被那些傭兵和幫兇煽動的。傭兵是誰？傭兵的幫兇是誰？

您真的以為，僅憑那位名叫弗拉基米爾的俄羅斯公爵講幾句話，就能改變整個俄羅斯民族的生活方式嗎？他連自己的爵位都坐不穩了。他坐著坐著，然後突然說：「諸位，我認為你們都應忘記自己祖先的文化，改信基督教。」

接著大家興奮地回答：「沒錯，我們對祖先的文化感到厭煩了，請公爵替我們受洗吧！」

荒謬吧？當然非常荒謬。事實上，弗拉基米爾公爵當初為了鞏固權力，試圖改變古斯拉夫人的宗教觀，還為此創造了眾多自然信仰的神祇。然而，自然信仰並不推崇後續衍生的社會關係，也就是不認同財產和社會不公、人與人互相利用，以及公爵的「君權神授」。弗拉基米爾公爵為了滿足自己的政治野心，不得不替俄羅斯民族選了一個外來宗教。大家也都知道，他之所以選擇拜占庭的基督教，正是因為他看到神職人員雖在律法上服從君士坦丁堡的牧首，實際上卻是臣服於公爵的權力。我們居然相信，他是為了羅斯的啟蒙和繁榮做出這一步。

我們都知道，意識形態的改變必定伴隨著社會災難和流血衝突，但當時不只是意識形態的改變，舉凡宗教、文化、生活方式和社會體制都發生了劇烈的變化。

若與一九一七年的革命相比，當時劇變的規模絕對比革命大上數百倍。倘若之後又發生內戰，慘烈程度也會大上數百倍。

但當時並未發生內戰，全然是因為自然信仰的俄羅斯只有自然信仰者。有人說，當時是有衝突的，包括基督徒和羅斯自然信仰者的武裝衝突，但如果羅斯全是自然信仰者，基督徒又是從哪裡來的？他們從國外帶來了傭兵。弗拉基米爾公爵當時完全稱不上實力最強的公爵。他當然也自擁軍隊，但我們從歷史得知他的軍隊根本不足以打仗，時常需要民眾的支援。古羅斯的軍力基本上都是由民兵組成。

但如果全國人民都反對受洗，我們這裡談的民兵是誰？

外來的傭兵？當然如此！但公爵有錢養一整批軍隊嗎？當然沒有！但他拿到了，是誰給他的？是羅馬和其他基督教國家的牧首給的，他們當時已經累積了足夠的財富。

因此，一千年前，有著一半羅斯血統的弗拉基米爾公爵為了鞏固權力，允許外國傳教士在羅斯傳教、執行計畫及煽動人群，最後甚至對俄羅斯民族暴力對待。

但羅斯比羅馬帝國來得頑強，沒這麼容易受到傳教的影響。於是，公爵引進傭兵，強化了軍隊的實力，利用傭兵殲滅部分不屈服的人民。

反對者可能會說：這只是一種歷史說法。不，抱持意識形態的朋友啊，我們講的是客觀的歷史。就算沒有阿納絲塔夏那些超凡的能力，沒有她對歷史的瞭解，也能證明我的說法。身為平凡人的我都有能力證明給你們看，表示其他人也可以做得到。

玄虛意識形態的追隨者啊，你們活活燒死了幾百萬名俄羅斯的先祖父母？你們就說說自己的數據，刻意壓低人數也沒關係。還是說，你們要告訴我，你們從來沒有做過這種事？你們有！你們的資料就曾提過。回想看看吧！

在十五世紀的一場大會上，窩瓦河地區的長老曾提出停止處死異端的議題。你們看看，這已經是改信基督教五百年後的事，羅斯人還是頑強抵抗。最後死刑不但沒有廢除，那些長老還淪落悲慘的下場。

但如果你們仍把我說的話只當作一種說法，那就請便吧。

那我們也把你們的論點當作一種說法，放在一起比較看看。

比較以後，就會馬上發現你們的說法毫無邏輯可言，論述基礎只在於：要求別人把自己的論點當作真理。況且，你們也無法提出絕對的資料，證明羅斯的自然信仰者會拿人獻祭等說法。

讓大家看看你們的考古證據，把獻祭的犧牲者挖掘出來。你們做不到的，因為根本無人因此犧牲。

讓大家看看自然信仰者的書如何描述他們的世界觀，讓大家自行比較兩種文明的文化。你們不拿出來？為什麼？因為只要世人看到這些文字，就會發現現代的生活方式有多荒謬。所以說，你們的烏托邦式說法毫無根據，你們才會要求世人絕對地服從。「相信我們，否則就會被貼上沒有信仰的異端標籤。」

有證據顯示，羅斯是因為受人欺騙而被迫為奴。我不會逐一點出幫兇，一個例子就夠了。

從那個時代到今天，羅斯都可算是一個受人奴役的國家。就算到了現在，外來的思想觀念仍佔了上風。現在的羅斯還在進貢，只是形式不同：資金的流動、礦物資源的買賣、外國劣質食品充斥市場。意識形態的各種要素現在都是受到嚴密的監控。

只是稍微提到古羅斯的文化，就會引起反彈，包括不斷陷害及攻擊阿納絲塔夏。

你們說言論自由，但為何如此懼怕她所說的話？為何想盡辦法貶低而不讓人民有機會認識自己國家的文化？我知道為什麼。

因為我們祖先的文化是多麼美好、幸福又有高度靈性！

＊＊＊

我在前一本書《家族之書》中提到，阿納絲塔夏向我描述了一對愛侶的結婚儀式。兩千年前的羅斯還有這種儀式。這本書出版後引起了許多科學家和學者的討論，而我也說過，最近有很多領域的學者都在研究阿納絲塔夏的言論。有些人公開發表，甚至找機會出版研究成果；也有一些人直接把研究寄給基金會參考。為了不讓他們遭受攻擊，我不會說出他們的姓名，只分享他們的主要論點。

＊＊＊

阿納絲塔夏描述古羅斯文化的結婚儀式，是一種獨特而寶貴的記述，證實了古羅斯人的高度智慧。整個儀式並非奠基於超自然信念，而是「知識」上，只是我們現在把這種知識視為超自然了。

這種儀式的某些元素至今仍可見於不同的民族，但現代對這些元素的詮釋完全流於形式、不完整而無意義，因此對兩人結合的幫助不如以前完全瞭解其中意義時來得好。

在現代的版本中，某些元素看起來實在沒有意義、純屬迷信，甚至可以說是裝神弄鬼。阿納絲塔夏的描述讓誤解的我們明白了其中偉大的道理，她不僅指出有關的知識，還讓我們看到以前斯拉夫民族無人能及的靈性。

＊＊＊

比較並分析現代的婚禮和阿納絲塔夏所述的結婚儀式，就會知道現代的婚禮比較像是發展程度較低的野蠻社會所有，而古羅斯的結婚儀式則屬於各方面都高度發展的文明。舉例來說：

在許多民族的婚禮中（包括俄羅斯人），有種儀式是向新人或登記結婚的伴侶灑穀物。其中一方的母親、祖母或親戚在抵達家門口前，沿路把穀物灑在新人面前，或是直接往新人身上灑，象徵新婚家庭未來可以幸福美滿。

現代的這種動作則變成一種迷信或玄祕，其中沒有任何合理的解釋。種子一掉到地上、柏油路上或門前，就馬上被人踩過，這樣能有什麼道理呢？

阿納絲塔夏所說的儀式也會用到穀物，但我們立刻就能明白那有很深的道理。結婚儀式的所有賓客，包括親戚、朋友和認識的人，把最好的植物種子帶來，每個人親手在新人所指的位置種下種子。

物質的富足不再只是象徵意義，而是以實際的行動做到。在一到兩個小時很短的時間內，新人就有一座未來的果園，種滿最好的果實和漿果植物，還有菜園和空間周圍的綠色圍籬。

* * *

這種儀式的第二個層面——心理——也很重要。我們很多人都知道，進到自然環境時，心理狀態馬上會有改善。這種愉悅感會在你與自己的植物接觸時增強，不是在別人的花園時。父母、親戚和朋友當初為你親手種下花草樹木，當作禮物送你。而你進到這座花園時所能感受的精神力量和情感程度，現在只能猜想了，因為現在地球上幾乎無人擁有這樣的空間。

由此可見，不只是物質的富足，儀式帶來的正面情緒也很重要。

＊＊＊

現代的神祕論著中，經常提到昆達里尼能量和脈輪，並著重討論脈輪的存在。相反地，很少有人會去懷疑愛的能量或男女之間性吸引力的存在。

絕大多數的人都曾親身體會過這種能量，但過去的理論學者和現代的科學都不曾提過人其實有能力控制這種能量。

阿納絲塔夏所述的儀式首度展示，人是如何能夠控制、轉變及保存這種能量。

＊＊＊

實際上，相愛的新人將賦予他們或進入他們的愛的能量具體化，藉由這個能量在身邊形成看得見且摸得到的空間。他們把這個偉大的能量永遠留在身邊。

為什麼以前可以，現在不行？我們比較一下以前和現在的情侶吧。現在的情侶一般都去娛樂場所、散步或待在家裡，多數甚至有婚前性行為。

＊＊＊

多數情侶的最大目標，都是在世俗機構或教堂獲得正式認可。

研究顯示，情侶對未來大多沒有足夠明確且具體的計畫。如果是在婚後才一起規劃，那時的計畫通常會很抽象。心理學家發現，每個人都希望，婚後的生活會因另一半的付出而改善。

每對夫妻都希望他們崇高、充實生活的愛在婚後仍可持續，但愛稍縱即逝。當周圍的空間淪為平庸時，不僅無法提醒兩人當初相愛的感覺，更會因為平庸且粗糙乏味而感到厭煩。

這種厭煩也出現在兩人的關係中。他們幾乎渾不自知，他們厭煩的感受並不是造成婚後各種行為的原因，而是他們不懂得如何善用愛的狀態，因此才產生不滿的感受。

＊＊＊

實際上看來，沒有任何世俗律法或宗教訓誡能夠留住愛，兩人甚至連尊重都談不上。現在看看在阿納絲塔夏的故事中，兩個相愛的人做了哪些動作，然後您試著做出合乎邏輯與科學的解釋。

首先，示愛本身就讓人印象深刻：

「美麗的女神，我能與妳共同創造永恆的愛的空間。」他對所選的女孩說。如果女孩的心有所反應，就會回答：「我的男神，我準備好幫你進行偉大的共同創造了。」

接著，我們以某位知名詩人描寫的愛的宣言相比，因為那最能代表現代對愛的能量的態度：

我愛您，這不就足夠了？

我還要再說什麼……

由此可見，第一種示愛直接指明創造愛的空間這個偉大的行為，實際上就是以科學的方法將愛具體化。

第二種示愛只說「我愛您」，但對後續行為隻字未提。男女雙方完全不知道如何運用愛的能量，也不知道把這種能量拿來做什麼。

＊＊＊

在阿納絲塔夏的敘述中，這對愛人答應彼此，要為自己和後代創造愛的空間。

他們先是分開，再到兩人所選的地並在親手搭建的棚子過夜，但不會發生性行為。這是什麼？儀式性禁慾嗎？

＊＊＊

這種禁慾可在許多民族的宗教信仰中找到，這也在世俗的道德觀念裡。年輕情侶不應在登記結婚或舉辦婚禮前發生性行為，但絕大多數的情侶根本不在乎宗教訓誡和社會譴責，在世俗機關或教堂完婚前便有性行為了。為什麼？最有可能的答案在於，社會和宗教的要求毫無邏輯可言，無法合理地解釋愛的能量的真諦——更精確來說，他們根本不知道。

愛的能量會在人的內心激起大量感受，加速思考的過程。且這種能量可與處在顛峰的靈感比擬，這種靈感將誕生一連串後續的行為。

古羅斯擁有高度的人際關係文化，情侶憑著知識自然而然地將愛的能量和性吸引力，轉為一起為未來的共同生活創造空間。

＊＊＊

一對愛侶所創造的事物，幾乎無法藉由科學的研究超越。阿納絲塔夏的這句話便能證明這點：「學術界甚至連仿造美好家園的能力都沒有，因為宇宙間存在一個定律：受到愛啟發的創造者，只要一人就能超越所有缺乏愛的科學。」

在阿納絲塔夏所述的結婚儀式中，所有人的行為都有邏輯、合乎情理，且象徵最高的靈性和存在文化。現代的婚禮就顯得相形見絀，重點放在賓客大吃大喝的宴客活動。

阿納絲塔夏所說的寓言、古代自然信仰的儀式（或以她的說法，吠陀羅斯的儀式），在情感、意義和訊息的豐富程度上皆超越我們知道的所有歷史故事，甚至勝過大家熟知的《伊戈爾遠征記》。

阿納絲塔夏對吠陀羅斯的描述，實際上是介紹我們從未聽過的文明，讓我們看到其中高度靈性的文化。她徹底改變了科學對歷史的既有認知，不只是我國的歷史，更是全人類的歷史。

這種出乎意料且徹底的改變，以及改變來得如此容易，讓現代科學的許多巨擘感到困惑不已。所以為了維護自己的科學地位，很多科學家假裝什麼事也沒發生，假裝自己對此一無所知。

他們就像把頭埋進沙裡的鴕鳥。這些訊息確實存在，擁有真正的價值且觸動人心，這個社會會越來越需要它。

＊＊＊

親愛的讀者，我曾和你們提過一些科學家的論述。如你們所見，他們證實阿納絲塔夏的言論有很大的意義，甚至提到科學界其實對此無所適從。

但無所適從是一回事，反對又是另一回事了。有些人群起阻止這些訊息的傳播，不讓大眾知道我國和我族的歷史。

對於我們可能碰觸祖先的文化和知識，有人深受威脅。是誰？他們現在受到誰的壓力、遵照哪個「程式」行動，把我們的祖先稱為野蠻的自然信仰者，把「自然信仰」這個偉大的詞彙扭曲成糟糕、落後的觀念？

我國的歷史學家怎麼會同意這樣的定義？那一定不是我國的歷史學家。

還是說，他們壓根不是歷史學家？如果他們至今連一千年前的歷史都無法向我們說個明白，還在貶低或放任他人詆毀這段歷史，那他們絕對不是俄羅斯的歷史學家，而是為別人效力的叛國賊或傭兵。

我們不能再指望他們，必須依靠我們自己團結的力量，一點一滴透過類比重建自己的過去，替祖先和我們自己恢復名聲。如果我們不這樣做……

＊＊＊

《俄羅斯的鳴響雪松》系列的許多讀者已經開始為自己的孩子撰寫家族之書，他們之中一定有人想對古羅斯的歷史發表意見，讓孩子知道我們的先人是誰。但我們對過去能寫出什麼？難道我們還要寫下我們一直被人灌輸的無稽之談嗎？！

還是說不要提到過去，假裝那根本不存在？行不通的。如果我們真的這樣做，那後代又會被反覆地洗腦，為某些人的利益服務。

有些人可能會想：「我們只是一般人，又不是歷史學家，怎麼可能重建兩三千年前的歷史？」當然可以！因為我們不是受到誰的命令而做，而是發自內心和理智去做。我試著當開路先鋒，但請大家一起盡可能地蒐集故事、事實和類比，開始寫下自己家族的歷史。

請大家一起開始思考、推理。我再說一次，光靠類比就能重建很多歷史。以下就是一例，讓各位看看。

＊＊＊

兩千多年前，羅馬帝國處於鼎盛時期，有羅馬律法、元老院和皇帝。羅馬的城市可見許多具時代意義的建築，首都更建有下水道系統。當時有圖書館，藝術也百花齊放。羅馬帝國還發起了不少戰爭。

與西元前已發展的國家相比，俄羅斯幾乎沒沒無聞，包括它的政府體制、領土和文化，都沒有人知道。

或許它根本不存在？當然存在。根據史料，羅斯信奉基督教的當時，已有多座城市和公國。將基督教訂為羅斯國教的弗拉基米爾公爵並非第一位公爵，史料告訴我們，斯維亞托斯拉夫公爵是他的父親。

也就是說，羅斯和羅馬帝國屬於同一個時期，有自己的城市和眾多富裕的聚落。這些聚落之所以富裕，是因為古羅斯的城市不是只有公國的首都，還有很多城市因為發展成周遭多個聚落的手工藝和貿易樞紐而崛起。

貧窮的聚落不可能發展為城市，因為無人出資建設，製造的東西也沒有需求。

＊＊＊

現在我們來試著判斷，西元前的羅斯究竟是強是弱？我們先假設國力真的很弱好了，歷史學家更說羅斯分成許多各自為政的小公國，彼此爭戰不休。

但這裡又有一個問題：如果西元前的羅斯很弱，又因為內戰而四分五裂，那為什麼國力較強的國家從未企圖侵略呢？

羅斯的國力不如鄰國，遑論當時的羅馬帝國要打敗並殖民俄羅斯，要求他們進貢根本是輕而易舉的事，但這就是神祕奧妙的地方。

在羅馬帝國和當時其他強國的歷史文獻中，從未提過侵略羅斯的行動。我們自己也知道，在羅斯信奉基督教前，是個獨立且未遭他國侵略的國家。那為什麼無人試著侵略自然信仰的羅斯呢？是因為羅斯擁有強大、訓練有素的精良軍隊嗎？不，沒有。即使到了公國鼎立的時代也只有小型的侍衛隊，人數遠遠少於羅馬大軍。

對於自然信仰的羅斯（尤其是吠陀羅斯），如果我們一開始就有錯誤的觀念，那麼我們永遠也找不到歷史的真相。

反之，如果我們接受並瞭解相反的觀念，一切解釋都能說得通。

公國鼎立前的吠陀羅斯是個高度靈性且很有紀律的文明，未來的傳說將會描述地球上這個「失落」的文明。

我刻意不將古羅斯稱為國家，而是一個文明，因為當時國家的定義是以埃及和羅馬為準。這些國家由權力至高無上的君主、祭司，以及以奴隸換取財富的菁英階級統治。古羅斯的社會結構比埃及和羅馬完美且文明。

＊＊＊

當時的羅斯沒有奴隸，公爵之間也沒有紛爭。羅斯是由一座座美麗的祖傳家園組成，決策在「公共集會」（veche）中進行，訊息則靠智者傳播。

但看看這些概念是如何遭人扭曲，包括「文明」一詞的定義也無法倖免。由祭司和法老統治全民的埃及被人稱為高度發展且文明的國家，當時的羅斯卻被當成落後、沒有文明、孱弱又稱不上是國家的地方。這真是奇怪！難道沒有奴隸、沒有暴君，就表示不是國家，就算不文明嗎？

同個問題再問一次：為什麼無人侵略羅斯？

當然有人試過征服吠陀羅斯人，但那些嘗試的人都會想盡辦法抹除這段記憶。

以下是阿納絲塔夏跟我說過兩千多年前的一段故事。

21 戰爭

羅斯當時仍以吠陀的生活文化為主，吠陀羅斯人尚未發展出城市，但已有很多村莊，食物豐饒且格外美味，人人住在祖傳家園，幸福樂觀。當時其他國家都以城市為榮，金錢的權力漸漸凌駕了人的渴望。他們擁有龐大的軍隊，統治者無不試著以武統治天下。許多國家向黑暗力量俯首稱臣。

羅馬某次派了精英部隊前往羅斯，五千兵力走近第一座村莊，就在這座不大的村莊旁紮營示威。

幾位將軍命令村莊的長老出村。幾位長老走了出來，面對眼前龐大的軍力卻毫無畏懼。將軍們說自己來自世上最強的國家，所有村莊都要向他們進貢，無力進貢者必須為奴。

小村的長老說他們不願把食物分給不懷好意的人，不願以此餵養龐大的黑暗力量。

領銜的將軍對著最老的村莊長老說：

「我聽過你們的野蠻和怪異的生活方式，你們的腦袋大概搞不清楚這裡是誰說了算。像你們這樣的腦袋，在文明的帝國是不會有自由的——不是做人奴隸，就是不配活著。」

吠陀羅斯村莊的大長老回答：

「無法以神聖食物為食的人才不配活著，你看吧。」

語畢，吠陀羅斯長老從口袋拿出兩顆漂亮且長得一模一樣的新鮮蘋果。他的眼神掃過盔甲閃閃發亮的幾位將軍，但最後看著旁邊的年輕士兵。他走向那位士兵，伸出其中一顆蘋果，對他說：

「孩子，拿去吃吧，但願你的靈魂喜歡這顆水果。」

年輕的羅馬士兵接過蘋果，在一群士兵面前嚐了起來。他忽然間容光煥發，讓其他人心生嫉妒。

大長老手裡拿著另一顆漂亮的蘋果，轉身回到將軍的面前，對他說：

「我的靈魂不想把這顆漂亮的水果給你。這是什麼意思，你自己好好想想吧！」

吠陀羅斯長老把蘋果放在將軍的腳邊。

「你這老頭，膽敢這樣對驍勇善戰的統帥說話？」一名傳令兵迅速地撿起蘋果，卻驚訝地叫了一聲。

所有士官和底下的士兵全看傻了眼……傳令兵手中漂亮無比的蘋果就在眾目睽睽之下腐爛了。一群蚊蠓突然飛了過來，把腐爛的蘋果吃光。吠陀羅斯長老開口：

「沒有人可以拿黃金或以暴力取得神賜的水果。你大可自稱君主，自信滿滿地征戰各國，但你最後只會剩下腐爛的東西可以吃。」

＊＊＊

「弗拉狄米爾，你要明白這不是什麼神祕事件。帶著愛長出的果實只會把自己的恩澤獻給用愛心灌注給它的人，以及種植者真心想給的人。宇宙中的一切是這樣安排的，只要仔細觀察，現在也能找到證據。長久以來，人類已註定吃到不新鮮的果實。」

「有錢人也是嗎？統治世界的人呢？」

「他們有更大的食物問題，他們總是害怕水果裡有毒，也怕精緻的菜餚。每次吃東西前，都會叫旁邊的人試吃。他們安排守衛和專人管理食物，但沒有用的……很多統治者都是因為吃到劣質的食物痛苦而死。你觀察一下，現在很多人試著生產有療效的雪松油，但雪松油的療效會因生產者的意圖而有不同。

「那位吠陀羅斯長老並不神祕，他只是說出每個吠陀羅斯孩子都懂的道理。」

＊＊＊

但吠陀羅斯長老惹怒了將軍而被抓走。他們把他關進籠子，要讓他眼睜睜看著村裡的房子和花園陷入火海，看著村裡的男女老少戴著鎖鏈從他面前走過。

將軍不懷好意地告訴他：

「老頭，你看吧，這些是你的同胞，現在都變成奴隸了。你在我的手下面前愚弄我，給我的水果才沒一下就爛了。現在你的所有同胞都變成奴隸了，他們以後要在死亡的恐懼下種出不會腐爛的水果。」

「在死亡的恐懼下只會種出致命的水果，儘管看起來一樣漂亮。你可真是野蠻，你不可能征服我的國家的。我已經用鴿子把有關你的訊息送出去了，只要智者看到鴿子，就會告訴所有人……」

羅馬將軍下了一道命令，讓傳令兵傳到吠陀羅斯的所有村莊，要求各村派代表見證他的士兵有多強大、訓練多麼有素且武器精良，看看他們如何把違抗的村莊從地表上抹除，並把孩子和年輕婦女納為奴隸。他還要求所有村莊把貢品交給他可怕的軍隊。從今以後，他會替帝國收集貢品，然後親自送回去。

到了指定的那一天，天才剛亮，九十位吠陀羅斯的青年來到聲勢壯大的軍營前。

你聽過的拉多米爾站在最前方，他穿著柳巴蜜拉用愛心為他繡製的襯衫。身後的青年都穿著淺色的襯衫。

沒有鐵盔罩住他們的棕髮，他們頭上都綁著以草編成的頭帶。他們沒有抵擋致命攻擊的盾牌，每個吠陀羅斯青年僅有腰上掛著的兩把劍。他們靜靜地站著，握著繫馬的韁繩，很多馬甚至沒有馬鞍。

五千精銳部隊的幾位將軍聚在一起，看著眼前的九十位青年。大將軍走到籠子前，對著村子被焚燒的長老問：

「那群小子來做什麼？我是叫各村派長老來，我要宣布我國皇帝的律法。」

籠裡的吠陀羅斯長老回答：

「各村的長老知道你要說什麼，他們不喜歡你說的話，所以決定不見他們不喜歡的人。現在在你軍營前的是鄰村的九十個年輕人。從他們腰上掛著劍來看，應該是想跟你們一較高下。」

「無腦的野蠻人，」大將軍心想，「我只要派一支部隊就能殲滅所有人，而且不費吹灰之力。但我要一群屍體做什麼？倒不如跟他們好好解釋，把他們平安地押回國內，當皇帝的奴隸。」

「老頭，你好好聽我講。」將軍對吠陀羅斯長老說，「那群年輕人都尊敬你，你去跟他們解釋雙方實力懸殊，打起來沒有意義。你去建議他們投降，我還能保全他們的性命。我當然還是會俘虜他們，把他們變成奴隸，但至少他們不會活在野蠻的國家。當個聽話的奴隸，就能不愁吃穿。老頭，你去跟他們解釋雙方實力懸殊，流血打仗是沒有意義的。」

吠陀羅斯長老回答：

「我試試看，我會跟他們解釋。我也看得出來，這些年輕的吠陀羅斯人個個熱血沸騰。」

「跟他們說吧，老頭。」

吠陀羅斯長老從籠裡大喊，要讓站在軍營前的吠陀羅斯青年聽到。

「孩子們，我看到你們的腰上都掛了兩把劍，我看到你們旁邊都有精神飽滿的馬兒。你們用韁繩牽著牠們，卻沒有特別使力，想把力氣用在戰場上。你們跟隨聰明的拉多米爾，決定正面迎擊。回應我吧。」

幾位將軍和士兵看到拉多米爾往前走了幾步，對著籠裡的長老深深鞠躬，表示認同他的話。

「我在想，」吠陀羅斯長老說，頓了一下後繼續：

「你是他們的領袖，拉多米爾，我相信你一定知道你眼前的力量和你們的不相等。」

拉多米爾再度鞠躬，認同長老說的話。

幾位將軍對此相當滿意，但長老接下來的話卻讓他們啞口無言。吠陀羅斯長老接著說：

「拉多米爾，你很年輕，思考速度很快，所以就放過來者的性命吧。不要殺光他們，就讓他們離開並放下武器，從此不再拿在手中玩。」

幾位將軍聽到吠陀羅斯長老這番奇特的言論，起初驚訝得目瞪口呆。大將軍後來生氣地大吼：

「你瘋了！腦袋壞啦，老頭！是誰要放過誰，你根本搞不清楚吧。是你要害死他們的，我現在下令……」

「太遲了，你看，拉多米爾剛還在思考，但在聽到我說的話後鞠了躬。這表示他明白了，會放你們一條生路。」

不一會兒，幾位將軍看到站在軍營前的九十位青年跳上馬兒，全速往軍營的方向衝刺。將軍及時派出一支弓兵部隊，準備以箭海迎戰吠陀羅斯騎兵。

但在進入射程範圍時，他們突然跳下馬，與馬一起跑了起來。

吠陀羅斯青年接近羅馬部隊後圍出橢圓陣形，一半的戰士和馬位在中間，另一半直搗整隊完畢的羅馬大軍。

吠陀羅斯戰士的雙手各拿一把劍，左右手揮舞得一樣俐落。但他們沒有置敵人於死地，只是打掉他們手中的武器。

羅馬的後備部隊無法及時替補受傷且手無寸鐵的士兵。

吠陀羅斯的一支小隊全速開路，衝向大將軍的營帳。

拉多米爾用劍敲開籠子的鎖，放出被關的吠陀羅斯長老。他向長老鞠躬，接著不費力地將他舉起，讓他坐到馬上。

拉多米爾小隊的兩位年輕戰士抓住大將軍，把他丟到另一匹馬的背上，帶到橢圓陣形的中間。

英勇的戰士們沒有回頭，繼續快步地往前。過沒多久，他們就甩開了整群羅馬士兵。他們跳上自己的馬，奔馳幾分鐘後，在一個小丘上停了下來。他們幾乎所有的人都躺到草地上，張開雙臂一動也不動。

被俘虜的羅馬將軍驚訝地看著吠陀羅斯的戰士安穩地睡在草地上，他們的臉上洋溢著笑容，馬兒就在每人的身邊溫馴地吃著草，只有兩名巡邏兵觀察著羅馬軍的一舉一動。

失去統帥後，幾位羅馬將軍爭吵了一段時間，為剛才的戰況指責對方，又為誰要發號施令、接著如何應戰爭吵。

最後，他們決定派一千騎兵去追吠陀羅斯軍，幾乎傾巢而出了。其他士兵則跟在騎兵後方，以防不測或應對吠陀羅斯軍可能派出支援，不過這個決定背後的最大因素其實是害怕。

一千精銳騎兵全速衝刺。他們才剛出軍營，拉多米爾小隊的一名騎兵便吹起號角。

躺在地上的吠陀羅斯戰士立刻跳起身，牽著馬跑了起來。休息後的吠陀羅斯戰士跑得很快，但背後的羅馬騎兵慢慢地拉近距離。雖然很慢，但還是逐漸地追上。

覺得勝券在握的騎兵將軍下令，要號手吹起加速的號角。

一千隻跑得滿身大汗的戰馬受到騎兵的鞭策，再度增快原本已經飛快的速度，越來越接近跑在前面的吠陀羅斯戰士。就在差點追上的時候……

激昂的將軍再度下令加速，號角再度響起……幾匹氣喘吁吁的戰馬卻在全速衝刺時摔倒在地。羅馬騎兵沒有因此分心，已經抽劍要砍敵人，但忽然間……

所有奔跑的吠陀羅斯戰士聽到號角響起後，跳上自己的馬，然後……漸漸甩開後方追趕的騎兵。

被俘虜的羅馬將軍明白了，原來吠陀羅斯戰士是讓馬儲存體力，騎兵現在肯定追不上了。他們換了載著長老和將軍的馬。將軍還發現，吠陀羅斯戰士不是坐在馬上，而是趴著，抓著棕毛又睡著了。

他心想：「為什麼他們現在還要儲存體力？」直到後來他才明白……

追趕敵軍時，激昂的羅馬騎兵瘋狂地抽鞭，但有些馬開始落後，比較強壯的馬也因為載著身穿厚重盔甲的騎兵而追不上，吠陀羅斯的馬卻依然體力充沛。

騎兵將軍發現追不上吠陀羅斯軍，便下令大夥下馬，但已經太遲了，有些馬已經氣喘吁吁地跌倒在地上。

「所有人休息！」將軍向騎兵下令。騎兵一跳下疲憊的馬時，吠陀羅斯軍立刻如旋風般衝向他們。

年輕的騎兵雙手拿著劍，沿著下馬的羅馬軍奔馳，同時砍傷他們，打掉他們手中的武器。

恐慌襲擊了羅馬大軍，他們全部跑向後方的步兵團求援。吠陀羅斯軍騎著馬追著他們，但不知為何沒有追上，也沒去攻擊累倒在地的羅馬士兵。

羅馬軍跑不動了，拖著疲憊而沉重的步伐搖搖晃晃。看到拉多米爾在前方雙手持劍，背後還有神采奕奕且從容不迫的騎兵，他們全都停了下來。

他們坐了下來，還有武器的士兵則把武器放下。無力抵抗的他們靜待吠陀羅斯人的處置。

拉多米爾和同伴走在坐在草地上的羅馬士兵中間，把自己的劍收了起來。拉多米爾和同伴向羅馬士兵談起生命，並脫下頭上以草編成的頭帶，拿給受傷的士兵，讓他們把藥草敷在傷口上。

藥草止住傷口的血，也替他們止痛。他們後來也放了大將軍，讓他回到部隊。

＊＊＊

出征攻打吠陀羅斯的羅馬軍列隊回到了羅馬。

已有傳令兵把羅馬精銳部隊遇到的怪事告訴皇帝。皇帝親眼看到他的士兵和將領後，羞愧的感覺持續了好幾個星期。

他後來下了一道密令，解散當初攻打吠陀羅斯的所有部隊，將士兵和將領革職，送往不同的地方。他還嚴格禁止他們談論那次出征，即使是對他們的朋友和最親的親人也不行。

皇帝也不再派兵攻打羅斯，並在傳給繼位者的密摺中寫道：「如果想要保全帝國，千萬不要攻打吠陀羅斯，連想都不要想。」

皇帝不是笨蛋。他看到部隊平安無事地歸國，但沒有帶回任何戰利品，臉上也沒有出現憤怒或想再上場的欲望。如果把他們留在帝國的軍隊，難保所有軍人不會受到他們的影響，也跟著不想打仗。

＊＊＊

繼位的皇帝依然試圖攻打吠陀羅斯。他從曾與敵軍接觸的人得知了很多敵軍的戰術，最後決定派出一萬兵力攻打吠陀羅斯。部隊再次來到吠陀羅斯的一座小村莊，開始迅速地紮營、建造防禦工事，並派傳令兵召集村裡的長老。

但到了指定的時間，幾位將軍只看到一個年約十歲的吠陀羅斯女孩和不到五歲的男孩，從村裡走向他們聲勢浩大的軍營。士兵讓出一條路，讓他們走到軍營的中央。他們邊走邊吵，弟弟拉著姊姊的裙子說：

「小帕姊姊，如果妳不讓我自己跟他們談判，我會把妳想得很壞喔。」

「你會怎麼把我想得很壞，你這淘氣鬼？」姊姊問弟弟。

「小帕姊姊，我會覺得妳天生就是一個壞女孩。」

「這樣很壞耶。」

「是啊，那就讓我跟敵人談判吧。」

「如果我答應，你會怎麼想我？」

「我會覺得妳比所有人漂亮、聰明又善良，我的小帕姊姊。」

「好吧，弟弟，你去談判吧，反正跟沒有頭腦的人講話不是我的作風。」

兩人勇敢地站在幾位將軍面前，弟弟一點也不緊張地對著他們說：

「我爸比要我告訴你們，村裡大家都在廣場過節，這個節日每年一次，所有人都會在廣場開心地慶祝。我爸比說，他不能離開慶典來聽你們講沒有意義的話，所以要我來找你們，姊姊是硬跟來的……」

大將軍聽到小男孩大膽的言論，發出一聲尖銳的叫聲。他的臉色變得蒼白，緊握著手中的劍：

「你這放肆的小子，膽敢這樣跟我說話？我要把你抓進馬廄，讓你做奴隸做到老……而你的姊姊……」

「喂，」姊姊這時插話，「叔叔啊，趕快把你們的玩具丟掉，什麼劍、盾牌和矛都丟掉，趁你們還能跑的時候快回去吧。為你們的生命跑吧。看到那團雲了嗎？它不會和來的人廢話，不用說話就能攻擊你們。」

小女孩接著打開一包東西，抓了一把花粉灑向弟弟，再把剩下的花粉往自己身上灑。

那團雲在低空全速往羅馬軍營飛去，嗡嗡作響且越來越大，最後籠罩了軍營。過沒多久，羅馬軍全把盔甲丟到地上，盾牌、矛和劍也不要了，將軍和士兵的營帳很快地就空無一人。姊弟兩人站在羅馬軍丟下的裝備之間，弟弟對著姊姊說：

「妳還是沒讓我和敵人說話啊，小帕姊姊。我還沒說完想說的話。」

「至少一開始有呀。我只是插話一下，別生氣。你是吠陀羅斯的戰士，我們家鄉的守護者。」

「好吧，那我還是覺得妳是乖巧、漂亮又善良的姊姊。」

漂亮的姊姊和弟弟穿過地上成堆的盔甲，慢慢地走回村裡。

那團雲已經飛遠而變得很小。看起來雖小，但在它之中是落荒而逃的十萬羅馬精銳部隊。他們跌倒又爬了起來，急急忙忙地撤退。

弗拉狄米爾，不要以為這是神祕事件。吠陀羅斯的村民只是想出了對策：在有兩百多座家園的村裡，每座家園打開十個蜂巢，每個蜂巢約有一萬五千隻蜜蜂。你可以自己算一下那團雲有多少蜜蜂。人被大量的蜜蜂螫傷，起初會引起劇烈的癢感和疼痛，接著可能會昏迷，昏迷後還可能喪命。

此後，吠陀羅斯人繼續過著幸福的生活，無需擔心戰爭和麻煩。幾世紀以來，外來敵人不再對他們造成威脅，但後來羅斯還是被人攻破了。他們落入狡猾的陷阱，製造了對自己不利的勢力。

＊＊＊

總而言之，阿納絲塔夏透過很多寓言描述吠陀羅斯的生活，或許還有其他人知道關於當時生活的古代故事。不要指望書面的記載，因為我們從歷史得知，這些記載都被處心積慮地摧毀了，在義大利、英國、法國等國被燒毀，尤以俄國最為嚴重。

但就算那些狂熱份子摧毀我們祖先的文化，仍無法抹除深藏人類內心和靈魂的記憶。

我們必須知道自己的歷史，知道並尊重它。但我們也要瞭解，吠陀、自然信仰和基督教都是歷史的一個階段，我們不該忽視任何一個階段，攻擊任何一個就等於是再度攻擊我們自己。我們應該帶著理解和尊重的態度看待基督教，對其他宗教信仰也是一樣。唯有如此，我們歷史的所有階段才會成為美好未來的穩固基礎。但唯有瞭解及尊重，唯有將歷史的每個階段當成創造未來的課題，美好的未來才會成真，否則我們只能住在荒唐的世界中。

許多國家的政府和立法者都在對抗恐怖主義，立法禁止煽動種族和宗教仇恨。然而，這些國家卻又以官方的立場允許及支持那些表面上以神之名，實則為了達成政治目的而展開大規模恐攻的教義。

22 美好的吠陀羅斯節日

藉由保留至今的一些節日，我們可以多少認識吠陀文化。這些節日雖然現在仍深受大家喜愛，但其中只有少數特色保留了下來，包括新年、送冬節和聖三主日。在眾多節日中，我只舉最知名、變化也最大的聖三主日。

這個節日落在六月初。你們都知道，現在大家會在聖三主日去公墓的親人墳前致意。到了公墓後，大家先清掃墳墓、扶正圍欄。大多數人會帶瓶酒，在墳前飲盡後留下杯子及麵包，獻給去世的親人。大家聊天時，會回憶親人生前的日子。很多人覺得要在墳前哭泣。

這個原屬自然信仰的節日歷經很大的變動，證明如下：

吠陀時期和後來的自然信仰時期並沒有悲傷難過的節日，每個節日都給人滿滿的正能量，將先人的知識傳給年輕一代。

除此之外，吠陀時期的紀念日也與現在完全不同。以前的人不會去公墓或在墳前哀悼逝者。

吠陀時期根本沒有公墓，逝者都葬在祖傳家園，也不會用墓穴或墓碑標示埋葬的位置。那裡只有稍微隆起的小丘，但也會隨著時間變平。

吠陀羅斯人認為，一個人生前做過的事，就是他留給後人最好的紀念。

對自然和人類思想力量的認識，讓吠陀羅斯人得到了一個結論：如果所有親人都在腦中想著死亡，他們的思想就會讓逝者的靈魂無法獲得肉身。

在紀念祖先的那天早上，所有家族成員來到最早建立的家園。在所有人的面前，輩分最高的長輩（通常是祖父或曾祖父）走向年輕一輩，跟他們說話，內容大致如下：

「你爸爸在跟你一樣高的時候，」祖父對著年約六歲的孫子說，「種下了一棵幼苗。隨著時間過去，幼苗現在長成了這棵結實纍纍的大蘋果樹。」爺爺牽著孫子走向蘋果樹並伸手摸它，孫子也跟著摸起蘋果樹。

祖父繼續走向其他植物，一一介紹當初種的人是誰。所有家族成員都能幫忙祖父回想，分享那段開心的回憶或自己當時的感受。

最後，家族成員來到最重要的樹旁——家族樹，可能是雪松或橡樹。

「看看這棵樹，」大長輩繼續說，「這是我曾祖父的曾祖父種的。」

接著大家開始討論為什麼當初是選這種樹，而不是別的樹種；為什麼久遠的先人是在這個位置種樹，而不是右邊或左邊一點。有人提問，有人回答，有時出現爭論。爭到激烈時，常常會有小孩不自覺地冒出奇怪的話，像是：「你們怎麼會不明白？我選在這裡種這棵樹是因為……」

成年的家族成員立刻明白，孩子的體內有著祖先的靈魂、感覺和知識。他們為此感到驕傲，祖先的靈魂不是在浩瀚的宇宙遊蕩，沒有分解成一顆顆小粒子，而是繼續活在完美、永恆的生命中。

自然信仰（特別是吠陀）很難稱得上宗教，正確來說應該是種「生活方式的文化」。那是地球上最偉大的文化，屬於高度靈性的文明。這個文明不需要信神。

這個文明的人瞭解神。

這個文明的人與神溝通，瞭解造物者的思想。

這個文明的人知道小草、蚊蟲和眾多星球的使命。

這個文明的人至今仍在我們的靈魂中歇息，他們一定會醒過來。他們是創造美麗星球且開心雀躍的人，他們是神的孩子——吠陀羅斯人。

這不是無憑無據的空話，只要想要，都能找到一堆證據，日本就是其中一例。

很多人都知道，十六世紀，基督教開始在日本積極傳教，但當時的君主德川家康在觀察基督教的活動結果後，決定加以禁止。

日本至今仍是最接近自然信仰的國度，因為他們有「神道」這個民族宗教。神道的直譯為「神的道路」，教義認為人的目的是與自然和諧共存。

難道這就表示日本的生活方式很糟、不文明嗎？很多人正是這樣看待自然信仰時期的生活，但這不是真的，事實完全相反。

很多日本人寫詩、尊敬自然。日本的花道風靡全世界，但對此精緻藝術的熱情不是專業花道家的特權，在日本幾乎每個家庭都看得見花道的身影。日本人對待孩子的態度很特別，成人都盡可能讓孩子享有完全的自由。

日本看似詩人與藝術家的國度……但他們的科技甚至可以超越最先進的國家。在電子和汽車產業中，實在很難與他們競爭。論及像日本這樣的現代自然信仰國家，我們其實只談到自然信仰的一點皮毛。那在純自然信仰的文化中，會有什麼類型的人呢？

有一件事情可以確認，就知識和靈性而言，這種文化中的人遠遠超越現代人。但就是有人亟欲愚弄我們，灌輸相反的觀念給我們。

日本不是例外，更不是唯一的例子。回首過去數千年，我們可以說出許多優秀的詩人、思想家和學者，像是阿基米德、蘇格拉底、德謨克利特、赫拉克利特、柏拉圖、亞里斯多德。他們生在西元前二至六世紀，但在哪裡生活？都在希臘，一個當時也是自然信仰的國家。

從日本、希臘、羅馬和埃及的古老宗教建築、古典藝術、節日和傳統，至今還是可以看出這些民族的文化水準。

那我們的歷史學家對同一時期的羅斯有什麼認識嗎？完全沒有！

要怎麼找到看得見的證據，說明吠陀羅斯也有平民藝術家、平民詩人，還有從不攻擊他人，卻善用武器的榮譽戰士呢？

我對阿納絲塔夏說：

「除非我們找到有關吠陀羅斯文化的實際證據，否則不會有人相信的。妳對這個文化的描述會被人當作傳說，很美的傳說，但終究只是傳說。我相信在歷史學家的著作中也找不到證據，所以只剩妳了。阿納絲塔夏，妳能讓我看看實際的證據嗎？」

「可以，證據其實很多。」

「那說看看，要從哪裡開挖？」

「為什麼馬上就要開挖？很多房子就是吠陀羅斯文化的最好證明。」

「什麼房子？妳指的是什麼？」

「弗拉狄米爾，你仔細觀察現代人蓋的房子，然後與你現在住的村子比較。你會發現，村裡幾乎所有老房子都有木雕作為裝飾。你也去過整座城市就像博物館的蘇茲達爾，你在那裡一定看過更老的房子。」

「是啊，那裡房子的木雕更精緻，而且不只房子，就連大門、庭院門也都像藝術品。」

「也就是說，隨著你越回到國內民族的過去，看到的房屋裝飾就越精美。」

「你在博物館中也能看到漂亮的木雕紡車、把手杯等三到五百年前常用的物品。弗拉狄米爾，你會發現你越回到過去，東西的藝術性越高。」

「多個世紀以來，沒有其他國家擁有如此大規模的民間創作。弗拉狄米爾，你要知道，這不是個別藝術家受達官貴人所託而做，而是全民的參與。你自己判斷一下，你在博物館看到一台普通的紡車，那不是沙皇、皇后或某個大官的東西，而是每戶人家都有的物品。人人以愛心為房子和圍籬刻出帶花邊的木雕、裝飾家裡的所有物品、繡製每件衣服。這些都不是什麼工藝大師的作品，畢竟那得要有多到無法想像的藝術家才做得出來。這是每個吠陀羅斯家庭自己做的。

「整個民族都參與了創作，而這也告訴我們，整個民族過得相當富足，畢竟創作需要投入大量的時間。你們的歷史學家都錯了，他們說以前的人成天忙於農事。如果真是這樣，他們不會有時間創作，但他們有。至於他們善用武器，你自己判斷一下，如果他們能用斧頭蓋出如此精美的木屋，這表示他們或許也能像藝術家揮灑畫筆般熟練地揮動武器。

「你知道他們在送冬節想出什麼趣味競賽嗎？他們將兩根很高的圓木插進土裡，彼此距離三公尺。兩名參賽的男性雙手各拿一根斧頭走近，蒙上眼後雙手揮舞斧頭，看誰最先砍斷圓木。不只這樣，他們要想辦法讓它倒在對手的圓木上，把它撞倒。」

23 有意義的書

有一次，我問阿納絲塔夏的祖父是否讀過任何靈性和科學著作，他給了一個很奇怪的回答：

「你是說拿在手上、翻頁、閱讀書中文字的那種嗎？那我只讀過一次，但凡是有意義的書，我都知道裡面寫了什麼。」

「您怎麼知道？什麼叫有意義的書？如果有這種書，表示也有沒有意義的書吧。」

「對，但為什麼你的腦中都在想這些？」

「為什麼這樣問？一個有涵養和智慧的人要飽讀詩書。我到讀者見面會演說時，有時會有人問我有沒有讀過這本書，有沒有讀過那本書。但我有生以來只讀了幾本書，所以想知道要先讀哪幾本。就算從早到晚都在讀書，一輩子也讀不完所有的書。我才想知道什麼是有意義的書，才不會看起來不學無術。」

「你知道嗎，弗拉狄米爾，如果之後有人在讀者見面會上問你讀過哪幾本書，你可以說自己知道所有書。」

「我不能這樣回答，除非我真的讀過。他們可能會問我某位作者在書中講了什麼，如果我沒有拿在手中讀過，根本答不出來。」

「回答很簡單，你可以說：『那位作者沒講什麼有意義的東西。』如果對方不相信，就請他提出證據反駁。你知道嗎，弗拉狄米爾，書只是看起來很多，但其實有意義的書屈指可數。」

「要怎麼判斷書的意義？」

「有個標準可以決斷。」

「您可以告訴我這個標準嗎？就算標準只是一時的也好。」

「當然，我可以讓你和你的所有讀者知道。事實上，人的生活方式就是判斷意義的標準。」

「什麼意思，生活方式？兩者有何關係？」

「人類遍佈世界各地，各國都有不同的社會特色，民族文化也不盡相同，包括生活方式和壽命。不同民族的文化都會受到某本有意義的書影響。一般來說，這本書會決定民族的思維、形成一種宗教，最後形成民族的生活方式。

「舉例來說，中國人認為孔子的教導很重要，所以自古形成了獨特的世界觀。簡言之，這個世界觀將世界視為一個有機體。

「陰陽的概念是這種宇宙觀的一部分。如果你對中國人的生活方式有興趣，如果你覺得這可為全人類樹立楷模，就去讀孔子所寫的書。如果你想瞭解日本人的世界觀和他們的成就，就去讀有關日本傳統宗教『神道』的書。這個宗教在很多方面深深影響了日本人的生活方式。

「如果你覺得，基督教世界的人過得最幸福，就去讀聖經。有意義的書就是：那些形塑了部分人類社群生活方式的書。」

「但在基督教的宗教文學中，聖經之外還有很多書。」

「是啊，很多，但裡面完全沒有新意。一般來說，每本有意義的書中都有一兩個主要思想或哲理，其他主題一樣的書都只是老調重彈，不會提出什麼新的世界觀。

「舉例來說，聖經的主要思想之一是必須膜拜神或執行祂的旨意，而這衍生了很多教導怎麼做比較好的書：有些說兩指交叉比十字架，有些則說三指。書中描述如何建造外觀更美的教堂，舉出上百個例子介紹不同信徒的膜拜方式。書中還提到因膜拜方式不同而引起的戰爭和爭論。

「眾人落入這種爭論，而無法體悟主要的思想。

「他們不再拿主要的思想去和其他的思想比較，結果只是讀了很多內容大同小異的書，沒有獲得任何新知，反而失去分析的能力，甚至不去試著思考：神是真的要人膜拜祂嗎？還是說，神要的完全不同？

「你也知道，過去兩千年來數十萬本『靈性書籍』其實都在講一模一樣的東西。

「但有個關於神和人之間的關係且有根據的新思想出現了，代表兩千年來首度出現有意義的新書。這本書出現後，之前那些有意義的書籍都成了過去。」

「您說出現了有意義的新書？書名是什麼？」

「《共同的創造》，書中提出了全新的思想，而且是有根據的。這本書的主要思想清楚且有根據地，提到神希望人做什麼、人的使命是什麼……你用阿納絲塔夏的話寫了這本書。

弗拉狄米爾，你應該記得神是怎麼回答宇宙元素的問題：

『祢這麼熱切，是在渴望什麼？』所有元素問。

對自己夢想深具自信的祂回答：

『共同的創造及其深思帶給萬物的快樂。』」

「但哪裡有證據顯示這句話真的是神的願望？」

「證據到處都是，在這句話中、在人的心裡和靈魂中、在思想的邏輯中。你自己判斷看看，如果你接受神創造地球和人類這個前提，自然會與身為父親的神感同身受。每個慈愛的父母都希望與自己的孩子共同創造。

「這句話的後半段『其深思帶給萬物的快樂』揭示了神希望什麼樣的創造。告訴我，什麼樣的創造能為所有人帶來快樂？」

「這問題很難回答，有人覺得有部好車可以帶來快樂，有人對車無感；有人喜歡吃肉，有人完全不吃。甚至有句俗語說『青菜蘿蔔各有所好』，很難找到所有人都喜歡的東西。」

「但還是有可能，像是空氣、水和花……」

「這些東西早就存在了，我們現在講的是共同的創造。」

「對，空氣、水和植物早就存在了，但這些東西並非一成不變。人類能讓空氣充滿灰塵、煙霧和致命氣體，也能讓空氣飄散乙太、香氣和花粉。水的樣態也不同，像是你們可以使用加氯的水，也能飲用有生命的水。在各式各樣的植物之間，你們可以製造一堆垃圾，也能創造一幅幅有生命而無與倫比的美景，讓人賞心悅目又心曠神怡。你在《共同的創造》中就有這樣說過。」

「您說《共同的創造》很重要，那不是應該可以改變社會的生活或多少產生影響嗎？」

「對，這是定律，新的思想一定會在社會中形成新的生活方式。」

「但什麼時候？書都已經出版兩年了。」

「正確來說，不是已經兩年，而是才兩年。這段時間雖然不長，但已經出現了很多共同創造的結果。你自己也說過，很多人開始嘗試新的生活方式，甚至為國家想出發展計畫。」

「是啊，我說過，的確很多都實現了。」

「看到了吧？基督教義花了三百年才讓人感受到，而你只用了兩年。阿納絲塔夏的思想正促使很多民族在真實的生活中具體實現，她的思想將他們的渴望結合成一股全體共同創造的動力。」

「她把新的思想投入空間，這是一個規模如宇宙般宏大的事件，所以第一次提出這些思想的書，會獲得相對應的評價。」

「所以說，我會成為重要的作家囉？」

「不只是重要的，而是最重要的，弗拉狄米爾。我的孫女從未想過讓自己的愛人成為第二。」

「但現實不是這樣，在發行量很高的《論據與事實報》中，《家族之書》在俄國書榜中只排名第二。」

「再過一段時間，很多人會感受到你寫的書有多重要，到時第一名就沒這麼重要了。六年前，你第一次寫書時還沒沒無聞，而現在你不只有名，我還聽說，你得到民間學院的肯定並拿到證書。」

「是沒錯，但不是傳統學院的肯定，只是民間的。」

「就是民間的，好好珍惜這份殊榮吧，因為這比傳統學院還珍貴。這是大眾表達的心聲，他們知道書中的道理有多重要，所以認定你是重要的作家。這表示他們理解並珍賞阿納絲塔夏的思想。一般人不僅做到這點，他們還能把思想實踐出來，理解後就去一一實現。這是必然的結果。但切記不要自滿，到時請收起你的驕傲。」

「我會盡量嘗試。我會再讀一次阿納絲塔夏所說的話，不會再讀什麼偵探或科幻小說了，那些實在沒有什麼特別的思想，只是讀起來好玩。但我有一個問題還是不明白：書要在讀過後才能判斷有沒有意義，但書有這麼多，圖書館的架上有成千上萬本書，很多書名都取得煞有其事，像是《與神對話》、《解開真相》、《生命的奧祕》。但事實上，一讀再讀也讀不出什麼新的思想，每一萬本書可能只有一本是有意義的書，表示我讀到的機會只有一萬分之一，這該怎麼辦？」

「那我告訴你，在你閱讀前，先去觀察世界所過的生活，在各民族間選出你喜歡的生活，然後去讀他們的書並好好思考。」

「如果我找不到我喜歡的呢？所有民族的不幸都差不多，當然還是有些差異，但整體而言……例如生態好了，全世界的環境都越來越差……」

「如果找不到你喜歡的，那就想想怎麼為自己建立和諧的生活。想出來後，你就可以自己寫書。」

「自己？不用讀任何書？」

「弗拉狄米爾，你在自相矛盾。你自己說找不到值得一讀的好書，在華而不實的書名底下盡是沒有意義的文字，沒有新的思想，你卻又懷疑自己，覺得要讀那些無稽之談才能增長智慧。但不管你覺得如何，每個人從出生起就一直試著閱讀一本重要的書。這本書的語言與印刷的文字不同，你應該還記得這句話：『神聖的語言也有氣味和顏色……』。」

「我明白了。」

「那就去讀這本書，好好思考吧。」

24 瞬間移動練習

「你說得沒錯，弗拉狄米爾，就以現在大多數人的意識而言，阿納絲塔夏的構想看起來的確難以置信。

「但只要達到原始起源人類所擁有的意識和心智，大家以後一定會笑自己，當初為何如此大驚小怪。

「我現在要告訴你一個方法，光靠這個練習就能輕鬆地移動第二個『我』，把自己移到附近的城市，或者到不同的國家和時代。只要不偷懶，人人都能做到。

「你應該還記得，阿納絲塔夏有次為了達成你的要求，瞬間把自己的身體移到湖的對岸，然後再移回來。她毫不隱瞞地說，任何人都能做到。人要在腦中想像身體的所有細胞，小到連顯微鏡都看不到的程度。接著，透過思考把這些細胞分散在空間中，再利用思想的意志力，將所有細胞聚集在不同的地方。光用看的可能超乎你的想像。

「想要做到這點，必須達到一定的思考速度，在一瞬間想像身體的所有細節，再小的錯誤都可能讓消散的細胞無法聚合。

「我一生只做過三次，每次至少花一年的時間準備。現在我做不到了，不是年紀大了，就是太懶了。但就算是我的孫女可以輕鬆地瞬間移動，她也說過除非有緊急狀況，否則不該任意瞬間移動。她還解釋了原因。

「但她還是把你帶往不同的時代和城市，而且不只一次。她讓你看到景象，感覺自己置身其中。我說得沒錯吧？」

「沒錯，我還寫下她用什麼方法把我和自己帶往其他星球，而身體留在地球上。當時很多人不相信有這種事。」

「等到他們自己能夠做到，就會相信了。我現在就教你，你只要專心聽我說，試著明白我說的話。

「人是由眾多能量組成，感覺、思想和想像都是人的一部分，但這些能量看不見。我們且不說身體的這些部分是否為物質，因為有形的程度在此並非重點，重要的是它們存在，而且是身為人的你的一部分。

「肉身也是人的眾多組成元素之一，人沒有肉身也可以存活，只是這時的稱呼會有不同。肉身提供了有形的機會，讓人可以決定其他所有能量和諧平衡的程度。

「現在想像一下，你依照自己的意願，自己或讓別人把你的所有能量、整個能量群體帶走，脫離你的身體到別的空間。」

「每個人真的都做得到嗎？」

「做得到！每個人睡覺時多少都會這樣。但你先別分心，繼續聽我說。我說過，人可以靠意志移動整個感覺群體。

「這需要一點訓練，我這就告訴你怎麼練習。

「首先，你必須選一個無人打擾的地方，可以是一般的房間和一張床。在這間房間裡，不能有聲音干擾你的活動。你躺在床上、全身放鬆，看看自己是否自然舒適地擺放手、腳和頭。接著不要動，試著單純用意志讓血液流向其中一手，使這隻手的血液多於其他部位。如果沒有馬上成功，就再試一次，把血液和能量導向一手，直到你感覺那隻手的指尖有點刺刺麻麻的為止。每天練習不要超過三十分鐘，但要持之以恆，直到你可以隨心所欲地導引能量和血液，讓它流向其中一手、另一隻手或腳底。達到理想的成果後，就可以把能量導向大腦。

「熟練這個方法後，對健康會有不少好處，像是可以消除手腳或其他部位的青春痘或痠痛，逆轉掉髮的症狀，但最重要的是為大腦補充能量。還要提醒一點，想要有此成果，練習開始前幾天不能吃肉。飲食必須多樣、好消化且新鮮，要有乙太。在你生活的環境中很難獲得這種食物，但還是有很多食品能為你補足所需的營養，像是每天早上服用約十公克的雪松油，然後約二十公克的蜂蜜和五公克的花粉，睡前三小時再服用一輪。

「完成第一階段的練習後，接著進入第二階段。首先，告訴我現在的人每天在家最常做什麼？」

「大概最常料理食物吧。絕大多數的人每天都要料理食物，像是削馬鈴薯。」

「那就選一個你最常做的動作，什麼動作不是重點，重點是你對那個動作要滾瓜爛熟。你剛說到削馬鈴薯，有人可能對此最熟練，有人可能選別的動作。

「把時鐘拿出來，記下你開始動作的時間。過程中，試著不要想別的任何事情，記住過程中的所有細節和五官感受。舉例來說，如果你選擇削馬鈴薯，記住你怎麼拿刀、皮掉在哪裡、你怎麼洗馬鈴薯，以及水摸起來的感覺；記住你怎麼把馬鈴薯放進鍋子、接著怎麼用火煮；記住完成之後，你怎麼收拾。

「確定動作結束後，看一下時間，記住或寫下你花了幾分鐘。假設你花了二十分鐘，就把鬧鐘不偏不倚設定在二十分鐘鈴響。然後進到另一間房間，就是你躺在床上進行第一階段的房間。躺在床上放鬆，閉上眼睛，想像自己在剛才削馬鈴薯的房間。

「再小的細節都要想到。如果你按照順序正確地想到所有細節，鬧鐘應該會在你想完時剛好響起。

「如果你懶惰而漏掉很多細節，就會在鬧鐘響起之前想完。

「又如果你心不在焉、思考及想像得太慢，鬧鐘就會先響起。

「有些人要練習一兩年，有些人可能只要一個月。只要學會讓想像與實際的時間一致，就離目標很接近了。再來進到第三階段的練習。

「在第三階段的練習中，你要想像自己走進家裡的另一間房間，完成你很少做的動作。記下在你的想像中，這些動作花了多久時間。假設你進房間用容器裝水澆花好了，當你在腦中完成澆花的想像，起身後看時鐘的時間，記住或寫下你花了幾分鐘想像。

「接著走進你剛才所想的房間，做一次澆花的動作。你花的時間必須完全一致，否則就表示你需要多練習。等到時間一致，你就可以用第二個『我』做到很多事，不僅可以到家裡的其他房間，還能到隔壁的房子或國外。你只需要真實可靠的細節，分析後就能鉅細靡遺地重現整個環境，然後到達當地。

「不是每個人都能這樣做到，但我能很確定地跟你說，只要去過國外的城市一次，就能藉由移動第二個『我』，前往當地第二次、第三次。

「不過等你熟練後，千萬要注意一個風險：不能讓第二個『我』脫離身體太久……」

現在換我來說，我來告訴你們更多關於祖父所說的風險。

我出於好奇練習了幾次，在達到阿納絲塔夏祖父所說的成果後，我試著把第二個「我」移到賽普勒斯島，到我之前去過的帕弗斯城。

我躺在辦公室的沙發上放鬆，想像自己動身出發、抵達機場、坐上飛機、飛到拉納卡機場、下榻我之前住的飯店，接著洗澡並到海邊散步。

晚上來杯咖啡、聽著當地音樂、早上到海邊走走、下水游泳……

回來或醒來（我不知道怎樣描述比較準確）已經是三天後了，我差點沒辦法起床。委婉來說，身體很早就想上廁所了，但沒有人帶它去。身體還想吃東西，但沒有人餵它。我奮力起身，照了一下鏡子。我對鏡中的自己很不滿意，臉上的鬍子三天沒刮，表情也很滄桑、毫無喜色。我對自己的身體感到非常愧疚，它被我拋棄了三天不管。那次的經驗告訴我，人的身體一旦沒有第二個（或是第一個）「我」的能量，就只是脆弱無助的肉體。但雖然脆弱，仍是我的一部分，我不該棄之不顧，即使想去國外度假村也一樣。我還發現，如果不帶身體旅遊，仍能有完整的五官感受，可以感覺海水、感受溫暖的陽光，但身體不會曬黑。

我起初覺得浪費時間練習而後悔，但後來成功藉助第二個「我」，看到了一些尚未發生的事情。我用這個方法寫了幾個故事，接著就和各位分享。

25 讓孩子擁有家鄉

在烏克蘭一座名為哈爾可夫的城市有一間孤兒院，環境還算不錯，房間舒適外，還有漂亮的水族箱和大游泳池。當地機關和企業都盡力資助孤兒院。國民教育局長帶我參觀房間時，說這間孤兒院的小朋友都在上正規的學校。我看向窗外，的確看到小朋友放學回來，他們一群一群地走，唯獨一個小女孩走在旁邊。

「那是索妮亞，就讀一年級。」院長告訴我，「她都一個人走，覺得自己很快就能被猶太家庭收養。」

「為什麼是猶太家庭？她看起來不像猶太人，淺色頭髮倒比較像烏克蘭人。」

「學校有人跟她說『索妮亞』是猶太人的名字，所以認為她是猶太人。索妮亞也不疑有他，覺得以後一定會被猶太家庭收養。她之所以都一個人走，是因為她覺得如果跟大家走在一起，她未來的父母可能就無法注意到她。」

哈爾可夫有這間不錯的孤兒院，烏克蘭的其他城市也有，白俄羅斯、俄羅斯也不例外。那是很多小朋友的家，但不管孤兒院的房間有多舒適，小朋友都渴望自己有爸媽、有家人。

就讀一年級的索妮亞很瘦小，穿著灰色的鞋子，一本正經地走在鋪著瀝青的庭院裡，與其他同年紀的小朋友分開走。小女孩在這個孤兒院夢想著……

日子一天一天過去，索妮亞有所不知，孤兒院這種地方存在已久，而且世界各地都有，不是每個小朋友都能被領養，大多數都是一生無父無母。索妮亞也沒有被領養。

然而，她的際遇異於一般人。當時哈爾可夫有一群人要在近郊組個聚落，還成功取得了一百五十公頃的土地，一百二十個家庭各有一公頃建造祖傳家園。

邊緣有塊地一直沒有主人，居民決定把地送給孤兒院的小朋友，最後選到了年幼的索妮亞。他們開車載她和輔導員到達當地，輔導員開始向她解釋：

「妳看，索妮亞，土裡插著木樁，用繩子圍起來了。繩子後方就是妳的地，共有一公頃。送給妳的人就住在附近，他們也有一公頃的地，要在上面種果園和蓋房子。他們把這塊地送給妳，等妳長大後，妳也可以蓋房子、種果園。妳的地會等妳長大。」

小女孩走到繩子前、摸了一下，然後問輔導員：

「所以說，繩子後面是我的地，我想做什麼都可以嗎？」

「沒錯，小索妮亞呀，這是妳的地，要種什麼完全由妳決定。」

「可以種什麼？」

「現在如妳所見，有各式各樣的草，但妳看看附近的地，居民已經種了蘋果樹、梨子樹，還有很多其他的果樹。他們很快就有結實纍纍的果園了。等妳長大後，妳再決定要種什麼、種在哪裡，讓妳的地看起來跟別人的一樣漂亮。」

索妮亞彎下腰，從繩子下方鑽到自己的地，沿著繩子走了幾步路，仔細地觀察小草，看著小生物在小草之間移動及發出聲音。她走到一棵小白樺樹前，摸著還很細的樹幹，然後轉身看著輔導員，莫名有點興奮地問：

「這棵樹呢？小白樺樹？也是我的嗎？」

「是啊，小索妮亞，這棵小白樺樹現在也是妳的，因為它就種在妳的地上。等妳長大後，妳還可以在這裡種別的樹，但我們現在該走了。馬上要吃午餐了，我得回到隊上。」

小女孩回頭看著自己的地，默默不語。

＊＊＊

有小孩的人都知道，小孩常常隨手拿各種東西蓋房子，或在鄉下搭起小棚子玩耍。不知為何，每個小朋友都想建立屬於自己的空間，讓這個小世界隔絕外在的大環境。小朋友在孤兒院有公共空間，但設備再怎麼齊全，對他們還是有不好的影響。

索妮亞和孤兒院的其他小朋友一樣，從來沒有自己的空間，連一個小小的角落也沒有。而她現在站在繩子後方，裡面的一切都屬於她，包括小草、在草上跳動而活力充沛的蚱蜢和那棵小白樺樹。瘦小的女孩轉頭看著輔導員，帶著懇求卻堅定的語氣說：

「拜託您，求求您，讓我留在這裡。您先走，我可以自己回去。」

「妳要怎麼回去？有三十公里耶！」

「可以的。」索妮亞堅定地回答，「我用走的，一定走得到，說不定還能搭公車。求您讓我在自己的地多待一會兒吧。」

駕駛日古利汽車的司機就是索妮亞隔壁那塊地的主人，他聽到兩人的對話後，向她們提議：

「就讓小女孩在這兒留到傍晚吧。我先載您回去，晚上再來接她。」

輔導員想了一下後答應了。看到小女孩站在繩子後方，一臉期待她的決定，她怎麼捨得拒絕呢？

「好，索妮亞，就讓妳待到傍晚吧。我等等和司機幫妳帶午餐來。」

「何必呢？我們很樂意和鄰居共享午餐。」日古利汽車的司機嚴肅地說，以敬重的語氣強調「鄰居」這個詞。

「聽見了沒？克拉娃。」他對著在前廊準備午餐的妻子大喊（他們的房子還沒蓋好）。「準備四個人的午餐，今天有鄰居要跟我們吃。」

「好。」妻子回答，「夠所有人吃。」之後又補充：「索妮亞，有什麼需要的話就跟我說一聲。」

「謝謝。」索妮亞興高采烈地回答。

日古利汽車開走後，索妮亞沿著木樁之間的繩子散步。她走得很慢，有時還停下來坐在地上摸草，再起身繼續走。她就這樣繞了自己的地一圈。

她接著站在地的中間，環顧四周。忽然間，她敞開雙臂，開始不停地奔跑、跳躍、轉圈。

午餐後，克拉娃看到小女孩跑跑跳跳後疲憊的樣子，請她到摺疊床上休息。疲憊的索妮亞回答：

「您可以給我一些舊的衣服鋪床嗎？我想睡在我的地上，那棵白樺樹旁邊。」

尼古拉走到索妮亞的地，把摺疊床放在白樺樹旁邊，鋪上床墊和棉被。小女孩躺了上去，立刻睡得非常香甜。這是她第一次睡在她的祖傳土地。

孤兒院遇到一個問題，一開始大家都很頭痛：索妮亞每天都要輔導員讓她去那塊地。輔導員說她年紀太小，沒有辦法自己坐公車，但又不能因為載她去，而放著其他小朋友不管。但輔導員怎麼解釋都沒有用。

索妮亞開始去找院長，解釋自己無論如何一定要去，因為鄰居都在種樹了，他們的花園很快就會盛開，反觀她的土地卻無人照顧，不會有植物開花。

最後，院長找到索妮亞可以接受的辦法，他說：

「索妮亞，我們現在不能載妳去，因為除了平常的事情外，妳還得上半個月的課。等到半個月以後，放假了，我再找妳的鄰居談談。如果他們願意照顧妳，放假期間我們就讓妳待在那裡，待一星期或更久也可以。順便告訴妳，在這半個月內，妳可以先為自己的地做好準備。這裡有兩本小冊子，拿去讀吧。一本教妳怎麼做菜畦，另一本介紹各種有療效的植物。如果妳接下來表現得好，我再準備不同的種子讓妳放假時帶過去。」

索妮亞表現得很好，努力做功課，所有的空閒時間都在讀院長給她的小冊子，一分一秒都不浪費。她睡覺時，還在夢中想像自己的地會長出各種美麗的植物。夜間輔導員還曾看到索妮亞在所有小朋友睡著時，靠著透過窗戶的月光畫著樹木和小花。

鄰居答應照顧小女孩。等到暑假開始時，院長親自把東西搬到日古利汽車的後車廂，包括兩個星期的乾糧、小鏟子、小草耙和一包種子。

尼古拉不想拿孤兒院的乾糧，但院長說索妮亞是個獨立的孩子，她絕對不想麻煩別人，所以最好讓她看到有自己的東西吃。

他們還幫她準備新的睡袋，不過尼古拉已經為這個孤兒院的小女孩準備小房間了，位在已經蓋好的一樓，還有一張床。

索妮亞上車時，好多人出來道別，不只是當天值班的孤兒院員工，還有一群人特別來看她神采飛揚的樣子。

剛到的前三個晚上，索妮亞都睡在鄰居為她準備的房間，白天則待在自己一公頃的土地。

第三天是尼古拉的生日，很多人來祝賀。一對年輕夫婦帶了一頂帳篷，隔天走時卻把帳篷留了下來。

「這是送你的禮物。」年輕夫婦對尼古拉說。

索妮亞走向尼古拉，說想睡在那頂帳篷。他答應了：

「妳要的話當然沒問題，但妳是覺得房間太悶嗎？」

「房間很棒。」小女孩回答，「但大家都睡在自己的地，我的地晚上卻孤伶伶的。很多地都有燈亮，我的卻黑鴉鴉一片。」

「妳的意思是說，妳要我把帳篷搭在妳那邊嗎？」

「尼古拉叔叔，拜託您幫我搭在白樺樹旁邊。如果您有時間，又不麻煩的話……」

接下來的每個晚上，索妮亞都睡在白樺樹旁邊的帳篷。

每天清早起床後，她都先去帳篷旁的水桶舀水漱口，再把水慢慢吐在手上洗臉。

她接著會拿出畫本，看著自己所畫的土地規畫圖，然後去挖花圃和菜畦。

孤兒院院長給她的小工兵鏟雖然很利，但她沒有足夠的力氣把鏟子完全插進土裡。鏟子還露出半截在外面，但她最後還是把菜畦挖好了。

鄰居尼古拉說可以幫忙，用鬆土機在她指定的地方耕耘，但她斷然拒絕了。基本上，索妮亞對任何闖進土地的人都抱持著防備的心態。大家都感受得到這點，所以沒有得到許可，都會盡量避免跨越木樁和繩子圍出的邊界。就算是鄰居尼古拉，他早上要叫索妮亞吃早餐時，也只會走到繩子外叫索妮亞。

小女孩或許是極度渴望獨立，抑或是怕造成別人麻煩，所以不允許自己找人幫忙。甚至聚落居民想送她衣服、糖果或一些用具時，她都會有禮貌地謝謝對方，但明確地拒絕。

在這兩個星期內，索妮亞在自己的地挖了三個菜畦，並在中間挖了很大的花圃。

到了最後一天早上，尼古拉一如往常地走到邊界叫她吃早餐。

小女孩站在還沒有長出東西的花圃旁一直看著，頭也不回地回答尼古拉：

「尼古拉叔叔，您今天不用來叫我了，我今天不想吃。」

尼古拉後來說，他聽到小女孩哽咽，快哭出來的樣子。他當下並未上前查看，而是回到家裡用望遠鏡觀察索妮亞。

索妮亞來回走動，一下摸著植物，一下整理菜畦。她後來走到白樺樹下，雙手抱著樹幹，肩膀不停地抽動。

接近中午時，孤兒院老舊的小巴士來接索妮亞。司機停在尼古拉家的門口按喇叭。尼古拉後來回憶當時的情況：

我從望遠鏡看到她在收拾鏟子和草耙這些小東西，一臉難過地往我的方向走來。我從望遠鏡看到她的臉時，忍不住拿起手機打給孤兒院，幸好他們很快拿給院長聽。我說我願意簽任何文件，對這個孩子負起所有責任；我會請假一直待在這裡，只希望他能讓孩子在自己的土地待到放假結束。

院長一開始解釋，孤兒院的所有小朋友都要去海邊參加夏令營，去那裡休息和療癒。他們花了很久的時間爭取，現在終於有人贊助成行了。我直截了當地跟他說坦白話，但他沒有生氣，反而回答得很爽快，並說：「把電話拿給司機，我明天親自去一趟」。

我跑出門外，把電話拿給司機。然後我跟他說：

「老兄，你快走吧。」

司機離開後，索妮亞走過來問：

「尼古拉叔叔，那台車不是來接我的嗎？怎麼走了？」

我和院長商量完後感到莫名地緊張，雙手顫抖地點了一根菸，對她說：

「妳怎麼覺得是來接妳的？他只是來問妳需不需要食物或其他東西，我跟他說這裡什麼都不缺。」

她專注地看著我，似乎知道怎麼回事，小聲地對我說：

「謝謝您，尼古拉叔叔！」她接著走回自己的地，走到一半還快跑了起來。

院長隔天早上來了，但我已經等他一陣子了。不過他沒有來找我，直接往帳篷的方向走去。我來不及告訴他不要擅自跨過繩子，但他很聰明地猜到了。他還有一點也很聰明：他顯然為了不傷害孩子，等小女孩上前迎接時，劈頭就說：

「早安啊，索妮亞，我順道經過這裡，想讓妳知道我們要去海邊。妳想待在這裡，還是一起去海邊？」

「待在這裡！」索妮亞不是用說的，而是大喊地回答。

「我想也是，」院長回答，「所以我帶了一些口糧給妳……」

「不用麻煩了，不用浪費時間，我什麼都不缺。」

「不缺？那妳要我怎麼辦？政府對每個收容的孩子都有補助，妳卻想自己照顧、餵飽自己？妳說我要怎麼核銷政府的錢？不行，拜託妳還是接受吧。阿列克謝維奇，把東西搬下來。索妮亞，我們可以進去嗎？妳可以帶我們參觀一下。」

索妮亞看著院長一陣子，試著弄懂現在的情形。她接著看到司機從小巴士搬了一些很重的袋子下來，她才明白自己可以在這裡待到假期結束，於是開心地大喊：

「噢，我是怎麼了……請進請進，入口在那邊，沒有繩子的地方。進來當我的客人吧，我帶你們參觀。尼古拉叔叔也進來吧。」

她帶我們到帳篷那裡，直接請我們喝旁邊水桶的水。

「請你們喝水。這是我拿回來的泉水，好喝又比自來水好。請喝。」

「怎麼好意思拒絕呢。」院長回答，舀起半杯水後開心地喝完。「真好喝。」

我和司機喝了一口後，異口同聲地稱讚索妮亞的水很好喝，讓她喜出望外。這應該是索妮亞人生第一次真的擁有什麼，雖然只是水，但確實屬於她的，她第一次可以給大人什麼。

索妮亞開始覺得自己屬於這個世界。在接下來的一個半至兩小時間，我們一直聽著她津津有味地說自己種了什麼、準備種哪些植物。她把自己畫的未來祖傳家園拿給我們看，但規畫圖中沒有房子。

「我們得走了。」院長對索妮亞說，「妳再自己打開這些袋子，我幫妳帶了電池式營燈，可以照很遠的地方，但妳也可以打開日光燈模式讀書。妳又有東西可以讀了，我幫妳帶了景觀設計的雜誌、教妳種很多東西和民間醫藥的書。」

「噢，我差點又忘了。」索妮亞拍了一下手，「等我一下。」

她翻開帳篷的門簾，我們看到好幾束不同的草掛在拉緊的繩子上。她拿了幾束出來，伸手拿給院長：

「這是白屈菜，一種藥草，幫我拿給班上的卡嘉，讓她泡熱水喝。她常常生病。我是在您給我的小冊子看到的……都曬乾了。」

「謝謝妳……」

大致來說，這個院長人很好，很喜歡小孩。我後來和他聊了一下，他問我索妮亞的表現如何，也給了我很多具體的建議。

索妮亞整個暑假都待在自己的土地並睡在帳篷裡。中間的花圃開得姹紫千紅，菜園長出了洋蔥、蘿蔔等各種作物。

白天越來越短，晚上常可看到營燈的光線在白樺樹下的帳篷裡若隱若現。索妮亞每天晚上都在讀民間醫藥的書，也會拿出畫冊畫出土地未來的樣子。

暑假末了，孤兒院老舊的小巴士前來接她。我幫索妮亞把東西搬上車。她的東西還真不少，光是曬乾的藥草就快兩百束了，何況還有一袋馬鈴薯和三顆南瓜，把小巴士裝得很滿。

我問索妮亞：

「明年呢？要幫妳把帳篷保留起來嗎？」

「我明年暑假一定會來，第一天就到。尼古拉叔叔，您是好鄰居，謝謝您這麼照顧我！」

她像大人一樣與我握手，而且握得很緊。這個夏天，索妮亞不僅曬黑，還變得更堅強、更有自信了。

隔年，她帶著果樹和其他植物的幼苗，到了之後立刻開始工作。

聚落居民開會決定幫索妮亞蓋一棟小屋。

而在聚落裡擁有大房子的企業家妻子季娜堅持不能蓋得太小。

「這樣我會不好意思直視訪客的眼睛。聚落裡的每棟房子都跟皇宮似的，只有一個小孩子住在帳篷裡，這樣訪客不知道會對我們怎麼想。」

我知道小女孩的個性，還有她不喜歡別人幫她，所以他們派我跟她談談蓋房子的事。

我找她說：「索妮亞，聚落居民開會決定幫妳蓋一棟小屋，妳只要說妳想蓋在哪裡就好了。」

而她一臉警覺地問我：

「尼古拉叔叔，蓋一棟小屋要多少錢？」

我不疑有他地回答：

「大概二十萬，平均每個家庭出兩千。」

「每個家庭兩千？但這太多了，表示大家為了幫我，要減少對自己孩子的開銷。尼古拉叔叔，我求您告訴大家，我現在還不需要房子，我連要蓋在哪裡都沒想過。我求您了，尼古拉叔叔，幫我跟他們解釋……」

她很激動，我也能明白。她得到這塊土地時，生平第一次覺得自己獨立了。土地取代了她的父母，土地需要她，她也需要土地。小女孩憑著內在直覺感受到（或者只是想像），她的地不希望外人來碰。

而且，房子蓋了後可能會有人責怪她，當然希望一點批評的聲音也沒有。比起一棟自己的房子，她比較重視獨立。

我開始說服大家不要強送禮物給她，但不久後有個出乎意料的發展。一群小朋友從湖邊跑了回來，途中經過索妮亞的地。企業家的兒子艾迪克騎著高級的腳踏車在最前頭。他每次都拿索妮亞開玩笑，叫她「小鬼頭」，但他其實只比索妮亞大三歲。

「喂，小鬼頭。」艾迪克對索妮亞大喊，「妳整天都忙著造景，不膩嗎？不如跟我們一起去看一個很壯觀的東西。」

「什麼壯觀的東西？」索妮亞問。

「我爸要把工人住的組合屋燒掉，來就看得到了。一輛消防車已經來待命了。」

「為什麼要燒掉？」

「因為很礙眼。」

「可是燒完之後，那塊地會有很長的時間長不出任何東西。」

「為什麼？」

「因為所有益蟲、昆蟲都會跟著被燒掉。我有一次在帳篷旁點火，結果那個地方到現在還長不出東西。」

「哇，妳這小鬼頭還真會觀察。那妳救救我們的蟲吧，把老舊的組合屋帶走，不然我爸不知道該丟去哪裡。」

「我要怎麼帶走？不是很重嗎？」

「這還用問嗎？當然是用起重機啊，後天會有起重機來架風車。不搬走的話，我們現在就要放大火燒了。」

「好，艾迪克，我答應把你們的組合屋帶走。」

「走吧。」

一群大人和小朋友聚在艾迪克父母的家園，消防人員在旁邊待命。艾迪克攔住拿著汽油桶走向組合屋的父親，說出讓小朋友失望、大人又驚又喜的話：

「爸，不用燒組合屋了。」

「不用？什麼意思？為什麼？」

「因為我把它送給別人了。」

「誰？」

「小鬼頭。」

「什麼小鬼頭？」

「地在另一邊的索妮亞。」

「什麼？她答應了？她答應收你的禮物？」

「爸，如果你不相信我，可以自己問她。」

艾迪克走進一群小朋友中，把索妮亞牽到爸爸面前：

「告訴我爸，妳答應收下這棟小屋。告訴他吧。」

「我答應了。」索妮亞小聲地回答。

噢，企業家藏不住對兒子的驕傲，太令人意外了！這個從不接受任何幫助的固執女孩，居然決定收下艾迪克的禮物。

小朋友都離開後，企業家集合幫他裝修房子的工班，告訴他們：

「各位，把所有需要的材料找齊，我會付你們雙倍工資，熬夜也要在兩天內把這間組合屋的內部裝修成歐式風格。外牆就讓它保持舊舊的樣子，但內部要……」

兩天後，在索妮亞的白樺樹旁，原本放帳篷的地方換成了外觀破舊的組合屋，以磚頭作為地基。雖然破舊，但工人把外牆弄成可上油漆的狀態，並在屋內留了幾罐芬蘭油漆和幾支刷子。

索妮亞後來自己替外牆上油漆，這是她人生中擁有的第一間屋子，就在她自己的土地上。這棟小屋隔年變成如童話般的屋子，佈滿了藤蔓和野生葡萄，四周還有盛開的花圃。

* * *

十年後，索妮亞已經畢業並在她的家園生活了一年。聚落裡隨處可見置身於綠意盎然、盛開花園的宅邸，但索妮亞的家園是最好、最漂亮的。同年紀的小朋友都已離開孤兒院、各奔東西，有人為了有得住而隨便考進一所大學，有人為了吃飽喝足而隨便找了一份工作。索妮亞呢?她已經是個富人了。聚落居民把盛產的水果和蔬菜交給管理人，家園裡種的作物都能賣到很高的價格。這些作物賣到歐盟國家，放在專賣有機作物的商店販售。索妮亞也把自家種的作物交給管理人，但大部分都是直接賣給城裡慕名而來的人，他們都聽說聚落裡有這麼一位特別的女孩和她的美妙家園。

索妮亞也採集藥草，幫很多人消除病痛。

有一天，艾迪克回家探視久居家園的父母。他在美國一所頂尖的大學讀了三年，最近準備動一個複雜的手術。或許是國外水質和食物的關係，他的肝和腎一直不好。手術前，他決定探望父母一個星期。他的母親季娜建議他：

「兒子啊，我們可以去找我們這裡的療癒師，說不定她可以幫你。」

「媽，妳活在哪個年代啊？現在西方的醫療水準是最高的，只要切除該切除的，再裝上替補的就行了，不要擔心。我才不要看什麼巫醫，那都是上個世紀的做法了。」

「我不是叫你去看巫醫，而是……你還記得聚落裡另一邊的那個孤兒院小女生嗎？就是讓每個人感到驚訝、自己一個人打理聚落送她的地的那個女孩啊！」

「啊，妳是說那個小鬼頭啊？我只有模糊的印象。」

「兒子，她不是小鬼頭了，已經是個人人尊敬的大人了。管理人每次都願意出雙倍的價格收購她親手栽種的作物，還有人大老遠跑來跟她買藥草，儘管她完全沒打廣告。」

「小鬼頭怎麼懂這麼多？」

「她從一年級開始，每年暑假都待在自己的地，冬天每天讀園藝和民間醫藥的書。小朋友的腦袋聰明，任何東西都學得很快。她從書中學到很多知識，不過大家都說她是無師自通。大家也說她的植物瞭解她，她會和植物說話。」

「哇，小鬼頭真不是蓋的！她看病要多少錢？」

「她有時會收錢，有時也會免費幫人治病。去年秋天，我在池邊附近遇到她，她當時看著我的眼睛說：『季娜阿姨，您的眼白看起來不太健康，您把這把藥草拿去泡茶，會有幫助的。』果真有幫助。因為我的肝不好，眼白真的有點問題，但現在好了。走吧，兒子，去找她看看，說不定她也能治好你的肝。」

「媽，不只是肝有問題，醫生診斷後說還要拿掉一個腎臟。喝藥草茶不會有幫助的，但還是可以去看一下，我滿好奇那個小鬼頭的家園長得怎樣，聽說那裡變得很像天堂樂園。」

＊＊＊

「果然沒錯！她弄得很漂亮！」兩人走到索妮亞的家園時，艾迪克忍不住驚呼。「聚落裡的人都把心力放在蓋房子上，還立起石牆，但她才算是創造了一個天堂樂園。媽，妳看她種的綠色圍籬！」

「等你看到她的花園，才有得驚訝的！只是她很少讓人進去。」季娜說。

她稍微打開入口的門，大喊：

「索妮亞，妳在家嗎？在家的話，可以出來一下嗎？」

在組合屋改建而成的小屋，一名女子開門出來並走下階梯。她俐落地把綁得很緊的淺棕色辮子撥到背後。當她看到季娜和她的兒子，臉上立刻泛起了紅暈。亭亭玉立的她穿著襯托出豐滿胸部的襯衫，扣起第一顆扣子。她輕盈優美地走下前廊階梯，沿著小徑走向入口的門，季娜和艾迪克站在那兒等她。

「哈囉，季娜阿姨！歡迎回來，艾迪克！請進，看看我的家和花園吧。」

「謝謝妳的邀請，我們很樂意。」季娜回答。

但艾迪克一句話都不說，甚至沒打招呼。

「索妮亞，我跟妳說，」走向花園時，季娜說，「我兒子的身體不好，最近要動手術了。雖然是在美國動，但做母親的我還是很擔心。」

索妮亞停下腳步，轉頭問艾迪克：

「你哪裡不舒服，艾迪克？」

「心臟。」艾迪克壓低音量。

「什麼心臟？」季娜驚呼了一聲，「你剛說肝和腎，難道是怕我擔心而撒謊嗎？」

「我沒有撒謊，但媽媽妳自己摸摸看，我的心臟跳得好快。」他抓著母親的手貼在自己的胸口上。「妳聽，心臟跳得厲害，如果妳不說服眼前這位漂亮的女孩馬上嫁給我的話，我的心會爆炸的。」

「你真愛開玩笑。」季娜笑了出來，「差點把我嚇死了。」

「我沒有開玩笑，媽媽。」艾迪克認真地回答。

「如果你沒開玩笑，」季娜繼續笑著說，「那你得知道，聚落裡有一半的人都為自己的兒子來說過媒，但沒有人成功。索妮亞不想結婚，不然你自己問她為什麼，別叫我問。」

艾迪克走向索妮亞，小聲地問：

「索妮亞，為什麼您不想結婚？」

「因為……」索妮亞小聲地回答，「我在等你，艾迪克。」

「你們倆一起作弄我呀？怎麼可以這樣作弄一個母親？」

「媽媽，現在馬上祝福我們吧，我沒有開玩笑。」艾迪克堅定地說，牽起索妮亞的手。

「我也沒開玩笑，季娜阿姨。」索妮亞認真地說。

「你們沒開玩笑……那表示索妮亞妳……妳真的沒開玩笑嗎？那好，如果妳沒開玩笑，為什麼還叫我阿姨，不是叫媽？」

「好，我以後就叫妳媽。」索妮亞的聲音顫抖，往季娜靠近一步，卻又遲疑地停下。

季娜一時搞不清楚怎麼回事，剛才那是在演戲、開玩笑嗎？她嚴肅地來回看著索妮亞和艾迪克的臉……忽然明白這兩個年輕人是認真的。她立刻衝向索妮亞，抱著她哭了起來：

「索妮亞，我的索妮亞，我的女兒啊！我明白你們是認真的。」

索妮亞的肩膀也在抽動。她被季娜抱住時反覆地說：

「是啊，媽，我們是認真的，非常認真。」

接著，這對年輕情侶手牽著手，旁若無人似地慢慢走回艾迪克的家園。季娜走在前方，邊哭邊笑地一直說話，逢人就與對方攀談：

「我們去了一趟，然後他們就……蹦！他們愛上彼此，然後我就……蹦！我祝福他們……我一開始以為是開玩笑，但他們就……蹦！相愛了。我告訴他們……他們卻說：

『媽，今天就結婚。』老天啊，這怎麼可能啊？婚禮有很多事情要準備，要辦得很正式，不可能啊！」

走出家門迎接兒子的企業家父親聽到妻子這樣語無倫次時，看著眼前的年輕情侶，然後說：

「季娜，妳怎麼老愛碎碎唸啊？妳說婚禮不可能辦在今天？妳自己看看他們，婚禮不只要在今天，還要現在就辦！」

艾迪克走向父親抱住他：

「爸，謝謝你。」

「謝什麼？別浪費時間抱了，你們趕快接吻吧！」

「接吻！接吻！」圍觀的居民大喊。

艾迪克和索妮亞就在眾人面前第一次接吻。當時剛好在家的居民都來參加婚禮，大家一起在戶外臨時擺了一張桌子。婚禮不像傳統宴會那樣鬧哄哄的，而是大夥一路唱到深夜。

新婚夫婦不顧父母的勸說，決定不住在如皇宮般的宅邸，而是索妮亞的小屋。

「爸爸，你看。」艾迪克說，「我們家蓋得跟皇宮一樣，旁邊還多蓋很多東西，佔了足足半公頃。我們卻沒有比索妮亞的家園漂亮，也沒有她那邊的空氣。我們得把一半拆掉。」

企業家父親喝了一個星期的酒，後來真的開始拆掉加蓋的建築，讓大家都嚇了一跳。他解釋道：

「我們當時加蓋這些東西還真是傻啊，我們的孫子才不會想搬進這種墓穴咧。」

索妮亞和艾迪克從此過著幸福的生活……

等等！我居然談起未來了。未來肯定會很美好，但現在呢？哈爾可夫現在真的有個不錯的孤兒院，真的有個女孩叫索妮亞。索妮亞現在三年級，但她沒有自己的一公頃土地，塔尼婭、謝廖沙、卡嘉也沒有……上萬名多個孤兒院的小朋友都沒有。烏克蘭國會也還沒將此納入議程，討論是否分配一公頃的土地給每位國民（包括孤兒），供他們永久使用並建造祖傳家園。白俄羅斯的國會沒有討論，而俄羅斯也是……孩子以後會原諒他們嗎？現在的國會議員以後會原諒自己嗎？

26 未來特區

尼古拉．伊凡諾維奇是某個最高戒護矯正機關的主管（簡單說就是監獄的典獄長），他已經連續五個晚上沒有準時離開辦公室了。這幾天他忙完一天的工作後，都會關掉電話，心事重重地在辦公室裡來回走動。他有時坐在桌前，拿著一個不知看過多少遍的綠色文件夾。

一名觸犯俄羅斯聯邦刑法第九百三十一條而入獄服刑的犯人，代表二十六號牢房的獄友向他提出一個乍看不可思議的請願。

這名叫作哈達可夫的囚犯，希望能為監獄爭取一百公頃荒廢或無人使用的可耕地。土地四周加裝刺網並搭建哨塔，總之就是備齊預防囚犯逃跑的設施，讓九十名囚犯在這塊一百公頃的封閉土地上耕作。他們的請願就在這份文件夾內。

在請願文件中，他們承諾會把收成的蔬菜交給監獄，大概是總收成的一半。而剩下的另一半，他們要求拿給家人。目前為止，這聽起來還算可行，畢竟很多監獄都會讓囚犯從事生產工作，有些是在木工場製作簡單的物品，有些是安排一些成衣製作，例如縫製簡單的棉襖、短褲等等，以此領取微薄的勞作金。勞作金不高是因為他們的生產力也不高。

在這個文件夾的請願中，囚犯希望從事農業生產，這聽起來也沒什麼問題。給他們一半的收成當作勞作金是可行的，這樣就不用牽涉農作物的營銷，也不用等好幾個月才能結算。但接下來的請願內容……

哈達可夫代表其他囚犯，請求將一百公頃的土地分成多塊一公頃的地，每一塊分給特定的囚犯。

此外，他們請求讓每個囚犯在分到的土地上蓋單人牢房。

他們還希望囚犯出獄後，如果有意願，可以留在自己那塊土地生活。屆時監獄要以收購的方式（不是徵收）去取得他們過剩的農作物，並且允許出獄的囚犯擴建牢房。

這個裝著這些提議（或者說請願）的綠色文件夾，早在半年前就交到尼古拉的手上。除了九十份請願書和提議內文外，文件夾中還有一張用色筆畫得相當精美的土地未來規畫圖。畫中有哨塔、刺網和進出管制的哨站。

尼古拉當初讀完後，便把文件夾放在桌子最下層的抽屜。他偶爾會想到裡面的內容，但一直沒給囚犯答覆。

然而，後來發生了一件事，使得這位典獄長連續五晚都在絞盡腦汁，思考囚犯請願的內容。

事情是這樣的：政府頒布了一道命令，要從明年開始擴建監獄、蓋新牢房，準備在明年底多收容一百五十位罪犯。這道命令附上一份擴建計畫和經費時程，並提議讓囚犯負責施工。

尼古拉心想：「每次經費都會一拖再拖，買不買得到便宜的建材也是問題。他們針對建材訂了一個預算，可是到了開工時，價格又會不一樣。囚犯的生產力又不高，這道命令根本做不到。」但又不可能不去執行。尼古拉再五年就要退休了，而且已經升到上校階級。他在這座監獄擔任典獄長二十年，素來沒有不良紀錄。而現在竟來了這道命令。

但這些情況都不是讓他最傷腦筋的，而是那個綠色文件夾！囚犯哈達可夫在自己的請願中寫道，他的提議可讓矯正機關達成最初的設立宗旨──幫助囚犯改過自新。

現代的矯正機關幾乎都無法幫助囚犯改過自新，反而製造出手法更熟練的慣犯。尼古拉當然也熟知這點。囚犯三番兩次鋃鐺入獄，讓尼古拉感到非常煩惱，花了很多的精力和時間去處理。

日子一天天過去，他也快退休了，這些年來他做了什麼？看來，他這些年來只是餵飽了囚犯。

綠色文件夾！真是個病毒！他真希望可以就這樣斬釘截鐵地退回文件夾中的提議！但他沒有這樣做，他的內心不讓他拒絕，可是他又實在沒辦法支持這樣的請願。那些提議看起來很不一樣，打破了傳統。

隔天早上，上校的第一件事是請人把二十六號牢房的哈達可夫帶到辦公室。

「請坐，哈達可夫先生。」戒護人員將囚犯帶到辦公室時，尼古拉指著椅子說。

「我看過你們的請願內容了，我有個問題想問你們。」

「是，典獄長！」囚犯迅速起身答覆。

「坐下！」戒護人員命令他。

「你坐吧，不用像在法庭那樣立刻起身回答。」典獄長語氣平和地說，接著對戒護人員說：

「你先在外面等。」

「哈達可夫先生，你們提了一個很奇怪的請願。」

「只是乍看起來奇怪，但實際上非常合理。」

「那你老實告訴我，你們在玩什麼把戲？想製造機會讓大家逃走？請願的九十名囚犯都還有五到九年的刑期，你們是不是想早點獲得自由？」

「如果真要玩什麼把戲，也一定和逃跑無關，典獄長。」囚犯再度起身，一臉憂心的樣子。「您誤會我了……」

「你冷靜點，坐下吧。別叫我典獄長了，我叫尼古拉．伊凡諾維奇。我從資料得知你叫謝爾蓋．尤里耶維奇，之前是名心理醫師，通過論文答辯後開始執業，後來因為加重侵占罪而被判刑。」

「判刑……尼古拉先生，當初是因為經濟改革初期……你習慣了一套法律，但忽然換了另一套……」

「沒關係，我不是要講這個，而是要你解釋，為什麼會想到要在刺網圍起來的地方弄一個耕種特區，或是該怎麼稱呼呢？」

「尼古拉先生，讓我試著解釋給您聽。只是有個特殊情況，所以很難解釋清楚。」

「什麼情況？」

「告訴您，我們都讀了一本名叫《阿納絲塔夏》的書，後面的續集也讀完了。大致來說，那本書講的是人類的使命，談到如果地球上的每個人都能得到一公頃的土地，創造出一個個天堂般的角落，這樣全世界就會變成一座天堂樂園。書講得很簡單，卻很有說服力。」

「聽起來滿簡單的，如果每個人都有塊地並創造出樂園來，全世界當然可以變成……但這和你們有什麼關係？」

「我正要告訴您：這些書講得很有說服力，別人可能看得很快而沒有全部讀懂，但我們有的是時間，我們一讀再讀、互相討論，理解了其中的道理。」

「你們有什麼收穫？」

「讀完這些書後，很多人都想擁有一塊地，想在這塊祖傳土地上創造出天堂般的綠洲。他們擁有自由，可以做到這點。我們也想出了辦法：就算四周以刺網圍住，我們還是能有一公頃的土地，在裡面工作、美化它……我們可以把一半或以上的收成交給監獄或社會大眾，當作我們服刑的一部分。但我們有個請求，就是我們出獄後，不要收回我們的地，如果我們想留下來的話。」

「什麼意思？難道你們想要一輩子被刺網圍住、活在戒護人員的槍口下嗎？」

「等所有人服刑結束後，您可以把刺網圍籬拆掉，跟哨塔一起運到別的地方。等到又有囚犯想要建造家園時，您再把這些東西用在那裡，這樣我們就能留在自己的地。」

「啊哈！然後等他們出獄，我們再把刺網和哨塔運到其他地方，而他們留在自己的家園，這樣說對吧？」

「沒錯。」

「簡直癡人說夢！你是怎樣？要我堂堂一個典獄長幫助囚犯創造天堂般的綠洲嗎？你們真的覺得這可能嗎？」

「我絕對相信這一定會成功，我以心理醫生的身分跟您保證。我的內心有這種感覺。您自己判斷一下，尼古拉先生，假設有人坐牢九年後出獄，什麼人也不認識，朋友都在特區和牢房。家人不想與他再有瓜葛，社會也不需要他。誰會想給出獄的囚犯一個好的工作？各行各業有一堆人失業，看看有多少履歷出色的人在就業服務處排隊……這個社會完全不把機會給出獄的囚犯。他們別無選擇，只好重操舊業，然後又被抓回來您這裡。」

「這我也知道……說這個你知我知的事情做什麼呢？你以心理醫生的角度告訴我吧，為什麼囚犯讀完那幾本書後突然有這種轉變，甚至願意領取刺網圍起來的土地？」

「因為每個人都看到了永恆的前景。大家以為關在監獄的囚犯還活著，可是其實不然，囚犯早就死了，因為看不到生命的前途。」

「永恆的前景？什麼意思？」

「我剛說了，很難一次就解釋清楚書的內容……」

「沒關係，我會親自讀一讀，弄清楚是什麼讓你們講得頭頭是道，到時我們再談。戒護，帶他出去。」

囚犯哈達可夫起身，雙手放在背後，問道：

「可以再問您一個問題嗎？」

「說吧。」典獄長同意。

「我們在想這個特區的計畫時，已經把現行的監獄收容制度考慮進去了。我們的計畫完全不違法。」

「我說啊，你們想得可真周到……制度……不違法。我會再確認。」

尼古拉接著命令戒護人員：「帶他出去。」

典獄長後來把法務人員叫來，將文件夾交給他：

「拿去仔細地閱讀，告訴我裡面有沒有違反收容制度的地方，兩天後跟我報告。」

兩天後，法務人員坐在典獄長的辦公室，一開始用律師一貫咬文嚼字的方式報告：

「尼古拉先生，從所謂的剝奪人身自由的機關法規和制度來看，本案所提的請願不能等閒視之。」

「你跟我兜圈子做什麼？瓦西里，你把這當作法院啊？我跟你認識都十五年了。」尼古拉從桌後起身，莫名地有點激動。他在辦公室來回走動，又坐了下來：

「直接說吧，有沒有違反法規或制度的地方？」

「直接說啊……那好，如果要直接一點，我就一次講了。」

「一次講完吧。」

「我們談的是要建立新的特區。他們的提議讓特區得以與外在的世界區隔開來，一百公頃的特區周圍設置兩層刺網，提案還說要搭建哨塔。簡單來說，這個特區的監管設施完全合乎規定。提案中還提到，他們希望把特區分成多塊約一公頃的土地，讓每名囚犯各分到一塊。嗯，該怎麼說呢？根據規定，我們本來就要讓犯罪的公民投入勞動、從事最簡單的製作、協助附屬農場耕作，達到部分經費自給自足的目標。你也知道，法律允許像我們這種機構針對經濟活動和多重林業開發設立特殊的規定。*在我們的案例中，他們提議設置一座附屬農場，供應我們蔬菜，說不定還能把剩餘的部分拿去賣。目前為止，都還在合法的範圍。」

「別拐彎抹角了，然後呢？什麼不在合法的範圍？」

「請願書接著提到，他們希望每塊土地都能設置單人牢房，在獲配的一公頃土地上勞動的囚犯就在此起居。」

「就是這個，每個囚犯在自己的地都要單人牢房，但我們連買一般床具的經費都不夠了，他們還希望每間牢房都有齊全的用品和家具，太烏托邦了！」

「我想你一定沒仔細看請願書吧，尼古拉。」

「什麼叫沒仔細看？我記得一清二楚。」

---

* 作者註：出自俄羅斯聯邦法律《剝奪人身自由之機關與處所設置條例》（一九九三年七月二十一日頒布，二〇〇一年三月九日修訂）。

「這我倒不確定……請願書後面附了圖稿和說明，說明了單人牢房的內部擺設，一切符合法規：一張床、一座馬桶、一張桌子、一張椅子、一組書櫃、一個床頭櫃；金屬門上有窺孔及外部門鎖，窗戶加裝鐵架。至於經費，他們也解釋得很清楚：每個囚犯自行籌措單人牢房的興建費用。」

「我看的時候可沒有這些內容。」

「這我倒不確定……你自己看，真的有。圖稿、施工圖和說明都有。」

「什麼有？我把文件夾拿給你看的時候明明沒有。我記得很清楚，絕對沒有。這個文件夾我從頭到尾讀了十幾次，這代表你……但是才兩天……」

「對，的確是我，尼古拉老兄。不過我不只讀了兩天，他們早在三個月前就把同樣的文件夾拿給我看了。我最近才修正和補充了一些東西，他們同意讓我這樣做。」

「為什麼你沒跟我說？」

「你兩天前才問我意見。」

「好吧，那說說看你的想法。」

「尼古拉，我認為如果這個提議成真，國內的監獄和勞教營就能大幅減少，犯罪率也會下降。而你，尼古拉．伊凡諾維奇這個名字將會永垂青史，成為一名天才改革者。」

「誰管什麼永垂青史，講點實際的——法律！」尼古拉再度從桌後起身，在辦公室裡來回踱步。

法務人員轉身看著沉思中的典獄長走來走去，對他說：

「尼古拉，你在擔心什麼？」

「擔心？我有什麼好擔心的？可是……好吧，你說對了，瓦西里，我確實很擔心，擔心我不知道要怎麼簡明扼要地向長官報告這份請願書。」

「原來如此，所以你決定支持啦？打算跟長官報告了？」

「有這打算，我原本還以為你會批評這份請願書，說服我不要跟長官報告，這樣我就頭痛了。所以呢，你也支持嗎？」

「支持。」

「表示我得提出報告了。」尼古拉做出這個結論，語氣很開心的樣子，似乎他真的害怕朋友會大肆批評這份綠色文件夾的內容。典獄長走向櫥櫃，拿下一瓶干邑白蘭地、檸檬和兩個小酒杯：

「喝酒吧，瓦西里，祝我們成功！不過你是什麼時候認同這份綠色文件夾的？」

「不是馬上。」

「我也不是。」

「我有女兒在法律系讀書，目前在寫畢業論文，題目是《剝奪人身自由機關之收容制度對杜絕犯罪行為的影響》。她把論文拿給我看，內容寫道：

將公民監禁在剝奪人身自由的處所，囚犯出獄後高達九成有再犯行為。這個令人難過的犯罪數據，背後有幾點原因：

- 個人的教養導致犯罪的行為
- 囚犯出獄後難以融入社會
- 監獄這種充斥罪犯的場所反而培養出一個人犯罪的價值觀！

「你知道這是什麼意思嗎，尼古拉？這是指你我雖然盡忠職守，但其實是在助長犯罪的價值觀。」

「我們才沒有，我們奉公守法，一切聽命行事。不過你也知道，我也很不滿，但我試著不這樣想，告訴自己這不關我的事。可是如今來了這份錄色文件夾……我猶豫了半年，現在終於決定去找長官，只是我改了好幾次報告，想講得更明白點，但怎樣也改不好。」

「我們一起試看看，我想重點在於，別讓長官覺得請願書太異想天開、太不尋常而被嚇到，要說得簡單點。」

「同意，要簡單點。但要怎麼改？尤其他們要求囚犯出獄後可以終身使用獲配的一公頃土地。」

「是的，這點目前看來不可行，我國現在沒有法源分配終生使用的土地。我自己也想過這點。我們必須老實跟他們說，這個問題要等他們出獄後，由當時的土地法解決。我想他們可以理解的，大家都知道不能忽略律法。雖然不是由我們立法，但我們可以點出這個趨勢，以後或許會有允許私人土地的法律。」

「但願如此。」尼古拉重新倒酒，「再喝一小杯吧，祝我們成功。」

碰杯後，尼古拉突然把酒杯放在桌上，又踱步了起來。

「你又再擔心什麼？」法務人員問他。

「你知道嗎，瓦西里，」尼古拉沒有停下，焦慮地說，「我們好像年輕小伙子在做很大的夢……空有理想，卻忘了我們面對的是一群囚犯。他們當然有些人只是一時犯錯，願意改過自新並遵守法律，但大多數都是罪大惡極的人。他們想的是完全不同的事，到底在玩什麼把戲？」

「我也想過這點，尼古拉。不然我們來測試他們，你再決定要不要找長官報告。」

「我們要怎麼測試他們？」

「是這樣的……不過你先告訴我，他們什麼時候給你綠色文件夾的？」

「大概半年前。」

「也就是說，他們討論這個計畫超過半年了，畫了很多圖稿和設計，然後做成精美的文件夾，放入九十份請願書。不如我們無預警地將所有請願的囚犯叫到大禮堂，邀請幾位專家，像是農學家和種植蔬菜的專家，請他們考考這些囚犯。他們可以問要怎麼種、種什麼、何時種進土裡，我們再看有多少人答得出來。我告訴你，如果他們真的這麼認真而沒有其他企圖，如果這真的是他們的夢想，這半年不可能就只是傻傻地等你的答覆，一定會去鑽研農業技術。」

「你真行，瓦西里！這群囚犯整整半年都在學怎麼種花、種黃瓜……不太可能！鄉下的人或許答得出來，但這群……」

「所以我才說要測試他們，你再決定要不要向長官報告。」

大禮堂不只坐了九十人，居然多達兩百人。在那之前，典獄長請了幾位農業專家，包括兩位農業所教授和一位農學院講師。想要搬到特區的囚犯成長到兩百人。

囚犯坐在大禮堂，沒有想到接下來會是一場測驗。他們看到台上有三個人坐在桌後，但不知道他們是誰。典獄長走到台上宣布：

「有鑑於各位提議設置附屬農場，我們必須諮詢幾位熟悉農業的專家。廢話不多說，在此向各位介紹幾位專業教育的老師。他們會問你們問題，我們再決定要把土地分配給誰……」

尼古拉逐一介紹幾位老師，並請他們向台下提問。首先提問的是坐在右邊、來自農學院的年長講師：

「你們有誰可以告訴我：栽培番茄幼苗要在何時種下種子？什麼時候要把幼苗種進土

壞？再來，如果你們知道『移植』這個術語的話，請告訴我，出現哪些跡象時必須移植。」

「這下他們一定被考倒了。」尼古拉心想，「一次問這麼多問題，連我太太這種資深的夏屋小農，可能都無法憑記憶回答了。她每次要種東西前，都要先看一下書。看看大家這麼安靜，一點動靜都沒有。」

全場鴉雀無聲讓尼古拉相當不安，他暗自希望囚犯在綠色文件夾中提出的計畫可以實現。他之所以對這個計畫這麼嚴苛，不是因為反對，而是想趁早解決所有瑕疵和不足之處。全場無人說話正表示此計畫的主要參與人根本不認真，綠色文件夾中的計畫看來不可能成功了。

「怎麼回事？靜悄悄的，難道沒有人從鄉下來的嗎？不過就算是鄉下，菜也都是女人在種，不是男人。」

為了多少化解現場的沉默，尼古拉從桌後起身，嚴肅地說：

「你們聽不懂問題嗎？」

「聽得懂。」坐在第一排的年輕囚犯回答。

「如果聽得懂，那就回答。」

「誰回答?你們沒有叫人去黑板前。」

「什麼誰回答?什麼黑板?誰知道就誰回答,知道的人舉手。」

此時,坐在大禮堂的兩百位囚犯全數將手舉高。

原本還在交談的幾位考官馬上不再說話,尼古拉的心情變得很複雜。一方面,他為自己管理的人感到驕傲,對計畫重新燃起希望。另一方面,他又擔心這些舉手的人能否說出令人滿意的答案。

「就你回答吧。」他指向那名坐在第一排、健談的年輕囚犯。

年輕囚犯起身,用帶有刺青的手搔搔光禿禿的頭,開始滔滔不絕地說:

「栽培番茄幼苗要在何時種下種子,這每年都不一樣。要看沒有結霜的穩定氣候何時開始,這年年都不同。如果考量到要在開花前把幼苗種到土裡,並且知道它們生長所需的時間,我們就能計算要在哪個時候種下種子,讓種子在溫室中或窗台上長成幼苗。」

「講到這裡就好,年輕人。」農學院講師打斷囚犯的回答,「可以接下去的人舉手。」

坐在大禮堂的兩百人再度舉手。講者指向一位年邁的囚犯,他嘴裡裝著金牙,一副犯罪經歷豐富的樣子。年邁的囚犯迅速起身,以沉著的語氣說:

「種子需要正常的土壤，不是爛到不行的那種。要用蟲處理過的腐植土或泥炭土，但是不能一開始就把種子種在泥炭土，否則種子一下子適應這種土之後，再移到菜園時就會無法負荷，因為兩個是完全不同的環境。所以必須在泥炭土中混入一點沙子，再用菜園的土壤以至少一比一的比例『稀釋』。除此之外，還要幫種子溫土，把它們的家弄到二十五度，才能把種子種進去……」

「這樣就夠了。」講師打斷他，「大致上來說，您講得都沒錯。我請下一個人回答。」他指向第三排一位戴著眼鏡、看似聰明的囚犯。「好，您的獄友說到，在把番茄種子種進為它準備的土裡前，要先……要先做什麼？」

囚犯起身後扶正眼鏡，接著說：

「在把種子種進為它準備的土裡前，要先放到嘴巴的舌頭下，泡在口水裡至少九分鐘。」

坐在桌後的考官和典獄長都對這個回答感到十分驚訝而說不出話來，直盯著那位戴眼鏡的囚犯。短暫的沉默後，研究所教授追問：

「您應該是說，把種子種進土裡前要先泡水吧？」

「完全不要用水，特別是加氯或煮沸的水，那會殺死所有賦予生命的細菌。要讓種子泡在自己的口水，為它注入有關你的資訊。把種子放進嘴巴，泡在體溫三十六度的口水九分鐘後，種子就會從睡眠中甦醒，馬上明白自己要做什麼，知道要為誰結出果實。如果主人有任何不舒服或疾病，種子會試著結出可以消除病痛的果實。」

桌後的三位老師開始議論紛紛，之後一起轉向尼古拉。學院講師開口問：

「是誰替您的囚犯上課？您從哪個學校請專家的？」

典獄長過了幾天後，仍想不出來自己當時怎麼會冒出這樣的回答：

「我不知道，這個部分不是我經手的，但我知道是從莫斯科來的，有個知名的教授來過。」

坐在大禮堂的囚犯立刻對典獄長撒的小謊感到感激，明白他其實是在袒護他們，不希望最後一個回答的人被考官嘲笑。他們心懷感激地默默支持他。這時坐在最前排、剛才第一個回答的年輕囚犯說：

「我們認為他不只是教授，還是一位院士。他不僅對西伯利亞泰加林瞭若指掌，對生命也有充分的認識。」

「對，」隔壁的囚犯補充，「他是很聰明的人，非常有學問。」

大禮堂的每個角落傳來稱讚這位莫斯科教授的聲音，但他們其實從未見過他。

坐在台上一直沒有講話的研究所教授突然開口，一副博學多聞的樣子：

「是啊，各位老師，我似乎看過這個理論，但忘記是在哪裡看到的。科學現在正朝這個方向發展，我覺得這很有趣：三十六度……活人的唾液帶有很多活細菌……這一定有它的重要性……」

「沒錯，沒錯，我也記起了。」學院講師若有所思地假裝自己聽過，也是一副博學多聞的樣子，「這是其中一個新的耕種趨勢。理論上來說，這一定有科學根據，但還是得看看實際上如何……」

坐在大禮堂的囚犯一一從容地回答有關耕種的問題，有些人給的答案很不一般，但受邀的考官不再急著反駁他們，反而興致勃勃地聆聽。

副典獄長出去送客時，尼古拉靜靜地坐在桌後，台下一片安靜。他翻著綠色文件夾裡的紙張，此時大禮堂鴉雀無聲。他抬起頭，看著台下說：

「我得告訴各位，我自己也搞不清楚你們的意圖……搞不清楚……但我決定了……我不知道結果會怎樣，但我會試著向上級報告。」

安靜的禮堂彷彿受到命令般，所有人突然起身鼓掌。沒有想到會有如此反應的尼古拉也站了起來，感到莫名尷尬之餘，卻也覺得很滿意、很開心。但他不能有失典獄長嚴肅、甚至不苟言笑的形象，開口說：

「吵什麼吵？通通坐下！」他說出口後覺得自己太過嚴肅，於是接著說：「我們還是得請那位莫斯科教授來！」

矯正署署長波索什科夫將軍請尼古拉進到辦公室，見到他立刻談起正事：

「不只是你，其他人也收到擴建監獄的命令，有些要加五到十間牢房，有些要加一百五十間。你們要在一年後準備好收容更多囚犯，大家都說這太難了、不可能辦到，直言監獄超過負荷，這要我怎麼辦？部長下令要我再收容六千名囚犯，不過你讓我很欣慰，尼古拉，因為你說可以準時達成目標。」

「沒錯，不過計畫有變，我都寫在報告裡了。」

「我知道，我讀過了，只是報告有些地方我不太懂。你說想讓囚犯從事農耕，這樣很好啊！讓每個囚犯各有一塊地，有人阻止你嗎？為什麼需要我的同意？不過你說要在每塊土地上設置單人牢房，這聽起來就很怪了，不太合理。你就蓋一兩座大營房，囚犯每天早上在戒護下耕作。這樣比較省錢，我們沒有額外的經費給你蓋單人牢房。」

「但我不是來爭取額外的經費。」

「不然呢？」

「我只是想請你同意每塊地各蓋一間牢房的這個整體計畫。」

「你哪來的經費蓋單人牢房？」

「有人贊助。」

「那你的贊助人也真特別。好吧，我沒有時間細看了，我先在你的提案上寫『詳閱並完成審核』……但我會親自打給他們，請他們詳閱及完成審核……不要拖延。你還有事情要報告嗎？」

「還有一個問題。」

「什麼？」

「我們沒有地可以設置附屬農場。」

「那你要跟州長談，去問他。」

「我和副州長談過了，他們說會再討論，但至今仍無下文。」

「好，我會幫你。我再打給他們……還有嗎？」

「沒有了。」

「那就行動吧，祝你一切順利。」

＊＊＊

秋天將至，尼古拉的監獄在一處偏遠的地方得到一塊兩百公頃的土地。他們得趕在道路變成泥濘前，把大量的圍籬刺網和五公尺高的木樁運到當地。尼古拉明白，如果他們沒有在秋天時圍好的話，就無法在隔年春天開始耕種。然而，就連泥土路也只通到土地的兩公里外，他們怎能把獲配的土地圍起來？他們沒有人力搬運，也沒有設備在土地周圍鑿洞。

囚犯得知這個情況後，向典獄長自告奮勇，願意在戒護下從兩公里外的道路終點搬木樁，然後親自鑿洞插在土裡。

每天都有一路五十位囚犯，身穿以塑膠布自製的雨衣，頂著凜冽的秋雨走到監獄得到的土地。其實想來搬運的人很多，但因為值班的戒護人員不夠，所以一次只能來五十個人。這些未來的土地主人滿懷奉獻精神地工作，初霜前就已裝完所有木樁、刺網和哨塔，還搭了小屋當作檢查哨站。

秋天尚未結束，又有另外一道命令：蓋好供囚犯起居的單人牢房。每間牢房要價三萬盧布，但沒有剩下的資金，所以所有囚犯開始以各種可能的方法籌錢。有人拿出坐牢前的積蓄，有人請親人幫忙，但也有人湊不到足夠的錢。他們和典獄長說自己願意住在帳篷，但因違反規定而被拒絕。

到了冬季，一百八十間小屋運到了當地，蓋在秋天架好的木樁上。初春時，一百八十位囚犯終於住進這些窗戶加裝鐵架的簡陋小屋。

春天某個晴朗的日子，典獄長站上哨塔，看到一個奇景：眼前這片以刺網圍住的兩百公頃土地劃分了一百八十塊地，每塊地以木樁和樹枝為界，有些地方則用拉緊的鐵線隔開。「那是比較有錢的人弄的。」典獄長心想，「他們的親人不只贊助牢房，還出錢讓他們弄這些界線。」

每塊地之間設有小徑，特區中央則有公共集會廣場。處處可見的低窪地帶還有積雪，但地勢較高的地方已經長出小草。幾乎每塊土地都可見到單獨的黑色人影。

他們每人身穿保暖的囚衣、遮耳毛帽和破爛的仿皮皮靴，因為看不到臉而顯得外表大同小異。

這些人影在空曠的地做什麼？為什麼不待在牢房？典獄長拿起望遠鏡，觀察其中一個人影。他看到囚犯哈達可夫拿著鏟子，在雪還沒融完的地挖啊挖。尼古拉移動望遠鏡，發現他已經在土地四周仍有積雪的地上挖了十九個洞。

其他穿著深色囚衣的人影也在做一樣的事──沿著自己的地周圍挖洞。

「挖這麼多洞做什麼？」尼古拉說。

「要種幼苗和矮樹叢，那之後會在每塊地四周長成綠色的圍籬。」哨兵解釋。

「瞭解，但他們可以等一兩個星期後再弄，到時雪融化了也比較好挖洞。」

「我跟他們說過了，但他們不想等。他們怕來不及，每個人都要種出四百公尺的綠色圍籬，這可不是個簡單活。而且雪融化後，他們就要開始種菜。」

典獄長看了他們很久，觀察他們勤奮又積極地工作。他心想：

「人類的靈魂和地球的靈魂之間肯定有某種宇宙的連結，如果有這種連結，人類就能與地球和諧共處；如果沒有這種連結，就會失去和諧，開始出現腐敗，犯罪率增加。

「當然，《阿納絲塔夏》是本了不起的書，囚犯讀了之後，內心都迸出難以解釋的感受。我也不例外，我讀了以後對生命也改觀了。這本書肯定發揮了作用，現在全國的囚犯都在讀。但這本書真正的力量其實在於，內容指出了人類與地球之間的連結。這種連結是最重要的，一定不能被切斷。所有關於崇高道德和靈性的高談闊論，一旦沒有這種神祕而人類尚未瞭解透徹的連結，都會變成無稽之談。」

* * *

到了秋天，在這個新的特區（囚犯都這樣稱呼這個地方），所有土地的周圍都種滿了尚未長高的幼樹，包括蘋果樹、梨子樹、花楸樹、樺樹等各種植物。這些樹的葉子為秋天妝點了繽紛的色調，讓人看得賞心悅目。每塊地都種了一千五百至兩千平方公尺的森林樹苗。即使只是第一個秋天，從哨塔看出去的兩百公頃景象，已有顯著的差異，比起之前春天一片光禿禿的黑土好看多了。從那裡看得一清二楚，刺網圍起來的地方出現了奇特的綠洲。

夏天期間，特區供應監獄餐廳新鮮的綠色蔬菜，還有黃瓜、番茄和甜菜。

到了秋天，每位囚犯從自己獲配的土地交出五袋馬鈴薯，以及數十罐醃黃瓜和醃番茄。整個冬天，監獄合作社則有他們提供的甜菜、胡蘿蔔、白蘿蔔等。

秋天的特區檢查哨站出現了一個奇特的景象：全世界的監獄都是外面送東西進去給囚犯，但這裡卻是東西從特區運出去。

哨兵把各種蔬菜罐頭拿給來監獄的囚犯家屬，很多開車的家屬都是滿載而歸。親人不住在附近的囚犯則把部分的收成透過哨兵賣給中盤商，從中賺取可觀的利潤。卻沒有人來看囚犯哈達可夫，他沒有親人，從小就是孤兒。他選擇把部分的收成送給附近的一家孤兒院。

尼古拉因成功執行命令而獲得政府的表揚，他是全國唯一可以額外收容一百八十位囚犯的典獄長，而且其餘囚犯的生活品質沒有因此變差。

過去一年是尼古拉服務二十年來最忙碌的時候，他除了日常要務之外，還要替特區「弄到」果樹樹苗或種子。但每次只要看到監獄的吉爾老車載滿幼樹到來，他都會很開心。

＊＊＊

五年後，七月某個晴朗的一天，一架直升機盤旋在特區的上空。尼古拉站在檢查哨站旁，看著直升機繞著特區飛行。他知道上面坐著波索什科夫將軍和法務部派來的幾位委員。可能是有人向上級舉發典獄長失職，但也有可能只是外界聽說這裡的收容制度很不一樣。

直升機降落在檢查哨站旁的空地，委員會的幾位高官走了下來。但尼古拉依舊站在原地，一心想著特區的圍籬：

「一定是被人舉發了，我怎麼會允許他們在特區的周圍種這些多年生藤蔓植物呢？那些植物都長到了三公尺，形成綠色的籬笆，跟刺網一樣高。刺網還被五顏六色的花遮住而看不到了。

「是這樣的，他們覺得刺網看起來很不美觀。哨塔四周也都是藤蔓植物，花都蔓延到上面的哨亭了。現在這裡看起來一點也不像特區，反倒像是一片雜草叢生中的天堂綠洲。」

「你們看，這是第一個違規的地方。」法務部的將軍說，「這圍籬是幹什麼？這種長滿藤蔓的圍籬，任何人想爬都爬得過去。」將軍說完後，轉向波索什科夫署長。「任何軍人看到都會這樣說，對吧？」這位法務部派來的委員長對著站在檢查哨站門口的值班中尉說。

「將軍，請准許回答！」值班中尉服從地立正站好。

「有人問就回答！這裡有違規嗎？」

「沒有，將軍。您看到的是對收容特區的圍籬進行的戰略性改造。」

「什麼？」法務部委員相當驚訝，「什麼戰略性改造？您在說什麼啊？」

所有委員靠向立正站好的中尉。

「真是愛開玩笑。」失望透頂的尼古拉心想，「普羅霍洛夫中尉總是愛開玩笑，在委員面前可不能這樣嘻嘻哈哈的啊，他們這下一定不會原諒我的。瞧他立正站好的樣子，怎麼沒有因為無禮而臉紅啊。」

中尉字正腔圓地說：

「請准許回答關於改造的問題。」

「回答。」法務部的將軍命令，「您是說你們的花就是戰略性改造？」

「正是，將軍。如果囚犯想要逃跑而爬過被花纏繞的刺網，雖然爬得過去，但他跑不遠的。」

「為什麼？」將軍驚訝地問。

「圍籬上纏繞的花有香味，爬過去肯定全身沾滿花香。就算訓練不足的狗，都能輕易循著氣味把他抓回來。」

「沾滿花香……」將軍哈哈大笑，其他委員也笑了出來，「還說狗可以循著氣味……好小子，中尉啊，您可真有想像力。你們的狗用這個方法抓回了幾個逃犯啊？」將軍邊笑邊問。

「一個都沒有。」中尉回答，然後非常認真地說：「囚犯知道爬圍籬完全沒用，所以過去五年來從未有人企圖逃獄。」

幾位委員看到他認真的樣子，再聽到他說的這句話，笑得更是樂不可支。

「您是說過去五年來，連一個人都沒逃獄過嗎？」委員長問署長。

「是的，一個都沒有。」波索什科夫回答。

幾位委員顯然很喜歡中尉機智的回答，於是又問了他一個問題：

「告訴我，中尉，如果從來沒有囚犯企圖逃獄，那為什麼哨塔還要安排武裝軍人站崗？」

「為了保護特區不受外人干擾。」中尉回答。

「外人干擾是什麼意思？有人企圖入侵特區？」

「對。」中尉回答，「很多囚犯的妻子都說想跟丈夫一起住在牢房，還有人要求帶小孩來牢房過暑假。但我們奉公守法的典獄長嚴格遵守收容規定，不容這種違規的事情發生。所以有幾個不懂狀況的妻子企圖帶著孩子爬過綠色圍籬，還有人挖地道。但是這些明目張膽的行為都被特區優秀的哨兵擋下來了。」

委員長不知道中尉說的囚犯妻子帶著孩子潛入特區是在開玩笑還是認真的，所以問尼古拉：

「真的有這種事？」

「是的。」尼古拉回答，「目前共攔截了兩人。前前後後有九十六位囚犯的妻子向我請願，要求帶孩子來丈夫的地一起過暑假，但除了例行的配偶探監外，其餘的請求我們一律不准。」

「不過特區有哪一點吸引她們，甚至願意帶著孩子一起？」委員長問。他接著又說：「不管怎樣，各位委員，我們不如進去看看吧。」

「開門。」尼古拉命令中尉。

來。

有雕刻裝飾的木門迅速打開。幾位委員走進特區，才沒走幾步路就不約而同地停了下來。

從直升機鳥瞰，這裡就已經像是一片綠油油的美麗綠洲。令委員感到十分訝異的，不只是除過草的漂亮小徑，不只是有生命力且奼紫千紅的圍籬；習慣辦公室和莫斯科街道味道的他們，現在更是置身在淡淡的夏日花香和植物的芬芳之中。萬籟俱寂中只有蟲鳴鳥叫，這些聲音一點都不煩人，反而相當悅耳。

「我們得去看看其中一塊地。」委員長不知為何輕聲地說，彷彿害怕破壞當下的氛圍。

幾位高官走到第一塊地，沿著小徑走近牢房小屋。小木屋的周圍有鐵欄杆，但不走近還真的看不出來，遠看就像一座綠色的小丘：各種植物攀爬牆上，四周花團錦簇，與周遭環境融為一體。

小屋的門口站著一位身穿白色T恤的男子，背對著來訪的官員。這位囚犯在替金屬門閂上油，用力地前後拉動門閂，看來不好弄的樣子。他專心到沒有發現有人來訪。

「你好，哈爾拉梅奇。」尼古拉叫了他一聲。「見見訪客，自我介紹一下。」

他很快地回頭，看到訪客時有點不知所措，但很快就回過神來。他自我介紹：

「囚犯哈爾拉梅奇，因違反俄羅斯聯邦刑法第一〇二條而被判十二年有期徒刑。在監獄服刑六年後，已經在特區待了五年。」

「您在門邊做什麼？」委員長問囚犯。

「替外面的門閂上油，長官。完全卡住了，現在的金屬品質很差，沒多久就生鏽了。」

委員長走到牢房門邊，關上門後試著把門閂推開。第一次沒成功，但後來順利推開了。

他接著轉過身來，意味深長地看著波索什科夫署長說：

「您說有遵守所有收容規定，難道不是指囚犯勞動後都要鎖在牢房嗎？」

署長啞口無言。大家都明白了：金屬門閂之所以生鏽而難以鎖上，正是代表很久沒用了。

囚犯哈爾拉梅奇自知讓長官失望了，他心想：

「早知道一開始就把這該死的門閂修好的，我要怎麼跟這群人解釋，說這個門閂根本用不到？這裡沒人想過逃跑，沒人想過離開自己的土地。何必呢？能去哪裡？」對哈爾拉梅奇而言，這裡是他的家園、他的故鄉。他每天早上都能聽到鳥叫聲，他種的樹木每天早上都會搖擺著樹枝迎接他。他養了一隻小羊，替牠取名妮姬塔，還養了十隻母雞、弄了兩個蜂房。

其他人也有自己的地，雖然各有不同，但都是自己的家園、自己的領域。現在，他卻因為這個該死的門閂，讓長官失望了。

哈爾拉梅奇十分慌張，激動而飛快地說著：

「長官，這個門閂真是讓我變成全世界最笨的人了。如果害到我的同伴遭人怪罪，我不會找藉口的。我只希望各位可以明白，容我最後說個幾句話，我想……我想告訴各位，我的生活全變了……不是變了而已，我在這裡才開始有生活。我在這裡很自由，但出了監獄的大門，就完全沒有自由，簡直是人間煉獄。哨塔上的士兵對我們就像天使一樣，我們都希望那些天使不會讓任何骯髒的東西進來……」

囚犯哈爾拉梅奇因為激動而頻頻破音，但他的話卻對旁人起了特別的作用。一名同時擔任國會議員的女性委員突然也有點激動地說：

「你們幹嘛跟這個可憐的門閂過不去？你們難道沒有看到昨晚下過雨嗎？門閂都收縮了。」

委員長瞧了金屬門閂和女議員，笑了起來：

「收縮？我怎麼沒想到？下雨後收縮，接著生鏽……您說哨塔上的人是天使？」他轉頭再問囚犯哈爾拉梅奇。

「對。」哈爾拉梅奇回答。

「您還剩多久出獄？」

「十一個月又七天。」

「之後打算做什麼？」

「我申請了延長服刑時間……」

「什麼？怎麼延長？為什麼？」

「因為外面沒有自由，外面的自由沒有秩序。沒有土地，就沒有自由。」

「是誰讓您出獄後沒辦法獲得土地、沒辦法自由地建立這樣的家園？怎不考慮成家立業呢？」

「哎，長官，連我也不明白俄國是誰不讓每位國民擁有一公頃的土地。我怎樣都不明白。俄國的土地到底屬不屬於俄國人啊？」

「根據國家杜馬通過的法律，現在每個人都可以買地了。」女議員說。

「但如果我連買一公頃土地的錢都沒有呢？就表示我沒有家鄉了嗎？現在沒有，以後也不會有了嗎？如果俄國就是我的家鄉，我要跟誰買下它？這表示有人奪走了我的家鄉，整個家鄉都被奪走了，每一公頃都不放過。他們向每個俄國人勒索贖金，這是流氓的行為，在法律上和我們的認知上都是不對的。長官您……」囚犯哈爾拉梅奇看向委員長，「從肩章來看，您是一名將官。那就請您拯救我們的家鄉吧，不要讓別人奪走、勒索贖金。還是說您自己也要為了您的那一塊家鄉土地交出贖金？」

「囚犯哈爾拉梅奇，住嘴。」尼古拉打岔。

他看到將軍臉上因打仗留下的傷疤開始發紫，也看到他緊握著拳頭。將軍走到囚犯面前，兩人大眼瞪小眼，完全沒有說話。將軍接著小聲地說：

「帶我看看您的家園，俄國人。」接著又更小聲地說，彷彿是對自己說話，「看看刺網圍住的家鄉。」

囚犯哈爾拉梅奇帶著幾位委員參觀初綻生機的花園，樹枝上的果實才剛長出來。他請他們吃了醋栗、覆盆子，帶他們看種番茄的菜畦、超過兩百平方公尺的黃瓜，還有他用鏟子挖成的池塘，池邊整齊地放了很多桶子。

「這是哈爾拉梅奇厲害的地方。」尼古拉指著桶子，向委員解釋。「他每年都會用這些桶子醃出一百五十公升的黃瓜。他的醃漬技術一流，沒人比得上。他還發明了獨一無二的保存法：先在桶子裡裝滿黃瓜和鹽水，密封後把桶子放進池塘，在水中一直放到春天。等到莫斯科的餐廳老闆來買的時候，他在結冰的水面鑿洞，然後把水桶拖到檢查哨站。我們一桶賣五百塊盧布，兩百五十塊給哈爾拉梅奇，剩下的給監獄。」

「每個家園能為監獄帶來多少收入？」一位委員問。

「一年平均約十萬。」尼古拉回答，「但協議規定一半要給耕種的囚犯。」

「十萬？」委員吃了一驚，「你們共有一百八十公頃的土地，代表你們每年可以淨賺九千萬？」

「對。」

「每個囚犯一年可以賺到五萬？」

「對，就是這樣。」

「國內關在監獄的公民有超過一百萬人，如果讓他們所有人加入這個制度，可以為國家帶來多少收入啊！而且這樣看起來，還能大幅降低囚犯的人數。」

「加入這個制度……所有人？」另一名委員打岔。「但這有個問題，這個特區總有一天會關閉的。我們來這裡要做什麼，不就是要搞清楚怎麼回事嗎？結果我們發現一些不尋常的地方：這裡的囚犯過得比外面的自由人好。不管怎麼說，這些人終究是罪犯。他們出獄後，尼古拉您打算怎麼辦？」

典獄長毫不猶豫地回答：

「如果可以的話，我會讓每個出獄的囚犯留下來照顧自己的地。我會把刺網拆掉運到別的地方、設置新的特區。」

委員回到法務部報告時，表示監獄的做法並未違反收容規定。

「但不是有人說，囚犯過得比很多自由的公民好嗎？」部長問。

「那就表示要改善自由公民的生活。」委員長說，「要把土地給人民，不是光說不練，要實際做到。」

「但這不在我們的職責範圍。」部長回絕，「說點實際的吧。」

「說實際話，我們要在底下的所有機構中複製這個成功的經驗。」委員長堅定地說。

「附議。」身兼國會議員的女委員說。她接著補充：「我一定會在國家杜馬提出法案，討論如何讓每個有意願的俄國家庭獲配可終生使用的一公頃土地，供他們建造自己的家園。」

* * *

國家杜馬後來通過了這項法案。一夕之間，數百萬個俄國家庭在自己的土地上創造祖傳家園，種花園、種樹林。俄羅斯從此百花盛開……

這在哪一年發生的？什麼？還沒發生？為什麼？是誰阻礙我們？是誰不讓俄羅斯百花盛開的？

27 民選國會議員制定的法律

我發現阿納絲塔夏的祖父不僅擁有前所未見的心理分析能力，還具體知道各國的社會體制。但他對各國制度的瞭解會有多具體？畢竟他都住在泰加林裡，沒有廣播、電話和電視。他要從何得知外界的消息，好比說國內的政府機關？沒有管道啊！這也表示他根本沒有具體的資訊。雖然如此，我還是問他：

「您知道我們俄國有個機關叫國家杜馬嗎？」

「知道。」他回答。

「您也知道裡面有誰，這個機關怎麼運作嗎？」

「知道。」

「每位國會議員您都知道？」

「每位都知道。」

「他們制定的法律，您也都知道？」

「不只是他們制定的法律，就連他們未來要訂的，我也能提早知道。不過你為什麼又一臉驚訝了，弗拉狄米爾？對祭司來說，這是再簡單不過的事了，不足為奇。」

「我是真的很驚訝，因為我不明白您是用什麼方法知道每位國會議員，還有國家杜馬將來會通過哪些法律。這太神祕、太難解釋了呀。」

「一點都不神祕，不過是最原始的能力罷了。」

「那您可以向我解釋這個現象嗎？嗯……我是說，您知道多少？」

「當然可以，這真的非常簡單，你想一想：

「早在五千年前，埃及就有議會，羅馬帝國有元老院，沙皇時代有博亞杜馬，還要什麼例子嗎？名稱雖然不同，但本質一樣，畢竟立法與機關的名稱無關，而是與議員受到什麼影響有關——他們束縛在什麼樣的生活環境中，註定有什麼樣的前途。這當中，他們的所有環境很久以前就如程式般被設定好了。如果知道這種程式，只要知道就能預知未來，包括他們以後能做的決定。」

「法律與議員的生活有何關係？又與整體的程式有何關聯？話說回來，您自己是怎麼知道現代議員的生活的？」

「非常簡單，我說的當然不是這個議員怎麼睡、那個議員吃什麼，又或者另位議員穿什麼，這對我來說不重要，我也沒有興趣知道。我要跟你說比較重要的。

「我相信現在和以前一樣，都要用盡手段才能當上議員。這是第一點。很多議員為了權力，向掌控物質世界的人靠攏。但在經過一連串的試煉後，他們卻會陷入困境。程式一直要切斷他們與重要資訊的連結，而且每次都能得逞。

「議員可以得到什麼？我認為也相信和以前一樣，得到個人辦公室、新官邸，現在的話可能還有車。也有兩到三名助理，有人甚至更多。」

「對，差不多是這樣，不過這也符合數千年前創造出來的程式嗎？」

「當然符合，但先聽我說完。如果我講的和現在不符，你再更正。我相信議員和很多人一樣需要每天工作，進國會立法。」

「沒錯。」

「每個議員都有一定的任期，四年或五年……」

「現在是四年。」

「好，四年。任期結束後又有選舉，而在新的選舉之前，他們會一直把思緒放在選舉上。」

「是的，正是這樣。」

「等等，你是怎麼知道的？畢竟我剛說我知道他們未來會通過什麼法律時，你還很驚訝，而你現在說得好像你知道議員對未來有什麼想法。難道你也變先知了？還是專業的預言家？」

「都不是，再笨的人都知道選舉要到的時候，每個想連任的人都會一直想著選舉，想著要怎麼採取行動。」

「不要急，注意你剛說的：『想著選舉』。」

「嗯。」

「但議員應該要想新的法律吧。」

「是啊，他們同時也會想新的法律。」

「什麼時候想？在一天當中的哪個時刻？簡單說好了，相信我，程式不會讓他們有時間思考的。數個世紀以來，你自己也知道，人民選出議員後都期待他們制定聰明的法律，但大家不知道的是，早先創造出來的程式根本不會讓議員思考。

「你以後有時間好好思考這點吧。」

＊＊＊

我後來反覆地思考，才發現我們習以為常的選舉法規和議員職責挺荒謬的。

我們試著分析現有的制度：假設有個相對聰明的人（比其他人聰明一點），他想當國會議員，想要制定聰明的法律改善人民的生活。

經歷競選的重重難關後，他發現自己多少必須依賴資金，但這絕非代表世界上的有錢人會為了未來的利益而贊助每位候選人。我們清楚看到有錢是怎麼能使鬼推磨，平面媒體和電視新聞都在報導所謂的「骯髒手段」，但我們都像旁觀者目睹一切。參選的人不是旁觀者，而是受到抹黑的目標。就算你沒有親身經歷，也一定可以想像如果有錢，什麼攻擊對手的武器都用得上。候選人自然會有防禦機制，不計代價地避免敵人偷襲背後。而這個背後，就是龐大的資金。也就是說，候選人必須把自己和財源緊緊地綁在一起。這樣一來，可能變成現代人所說的寡頭政治。

也可能出現投靠政黨的現象。但不管依附哪個政黨，最後都必須為此付出代價。

不是說要制定聰明的法律嗎？是啊，沒錯，但現在沒有相應的條件可以做到這點。

議員雖然享有諸多好處，甚至免於各種法律責任，但問題還是一樣，如果你把議員得到的好處放在天秤的一邊，把工作的壓力、算計和負荷放在另一邊，哪一邊會比較重呢？

還有一個弔詭的情況：歷史上從來沒有人可以時時刻刻、一次都不例外地做出聰明的決定，就算聰明絕頂的智者也一樣。大家都知道，再優秀的統治者或將帥都會出錯。

議員的工作安排需要每天進議會，而且一天開好幾個小時的會；每次開會都要處理幾個法案，而且涉及的社會層面不盡相同。

歷史告訴我們，無論是理論上或實務上，在這種工作安排下是不可能訂出聰明的法律的。不可能的原因在於，沒有足夠的時間思考。然而，議員這種荒謬的工作安排卻是世界大多數國家的常態，是誰安排的？很多人可能會覺得本來就該這樣，但絕非如此，這是經過精心設計且有目的的。而且不知為何，從來沒有人認真討論過這點。

如果你想要，可以試著證明這對人有毀滅性影響；可以利用心理分析，以科學的方法研究。這當然有必要，但不是最重要的，重要的是有沒有替代方案。但是沒有人想到替代方案。的確，如果幾乎所有國家都將這種現象視為常態，怎麼會有人要想替代方案呢？

但既然阿納絲塔夏的祖父開口提到這個問題，如果他熟知數千年來和現代國會類似的運作制度，他也許可以提出替代方案。於是我問他：

「您可以提出您認為理想的選舉辦法嗎？往後要怎麼安排立法者的工作？」

他給我這樣的回答：

「如果議員的工作和生活環境沒有改變，談什麼選舉都沒有意義。」

「那您認為他們應該有什麼樣的工作和生活環境？」

「首先，應該讓議員至少脫離人工的訊息場域一陣子，食用可以支持大腦完整運作的食物。必須創造贏得社會敬重的意象，每位議員都要有這樣的意象。」

「『創造意象』是什麼意思？」

「從你剛對議員的描述判斷，他們的外在特徵說明了民眾對政府官員普遍有負面的印象，特別是國會議員。」

「是啊，普遍來說都是負面的印象。」

「這樣很不好，大眾對議員產生負面的思想形式，其實是讓他們變成負面人物的原因。意象是眾人集結起來最強的思想能量。」

「如果人民的生活沒有改善，怎麼可能對議員有正面的看法？」

「你看，我們在繞圈子了。你們每次選出看似最好的人選，但選後沒多久又說他們是最差的。」

「我們要怎麼脫離這個惡性循環？」

「過去五千年來，沒有任何方法比阿納絲塔夏的提議更好，而且在可預見的未來也不會有。」

「您說的是什麼提議？」

「土地。」

「但她說的是，每個有意願的家庭配得一塊至少一公頃的土地，可以永久使用並建造祖傳家園。她並沒有提到議員。」

「她說的是每個有意願的家庭，難道議員沒有家庭嗎？」

「有。」

「那為何不從他們開始？」

「大家會說這樣太厚顏無恥了，民眾享有的好處已經夠少了。」

「要跟大家解釋這麼做都是為了誰，跟大家解釋在怎樣的情況下，才能訂出符合民眾期待的法律。」

「但要怎麼分配土地給議員？是用特殊的方法，還是和其他人一樣？」

「和其他人一樣，但有點不同。每個議員至少必須拿到一百五十公頃的土地，依照阿納絲塔夏的原則，建立全新型態的聚落。如果議員的家庭不大，而且不會再多人的話，可以從一百五十公頃中拿走其中的一公頃，並可終身使用。如果議員的孩子另組家庭，而且也想建造自己的家園，那也要分配給每個孩子的家庭各一公頃。如此一來，議員可能擁有一公頃的地，也可能有三或五公頃的地，實際依他們的家庭大小而定。」

「那剩下的土地呢？您剛說有一百五十公頃。」

「百分之三十的土地，他可以隨心所欲地分給別人，但剩下的必須分給個個社會階層的人，包括軍人、學者、藝術家和企業家。每個聚落都要有一兩公頃分給孤兒院的小孩或難民，但同一個聚落不能分配土地給第二個議員。」

「所以呢？每個議員都有祖傳家園，法律就會馬上變好嗎？」

「當然會變好，這樣國家就會訂出全世界最聰明的法律。」

「為什麼？」

「目前議員大部分的時間都待在辦公室和議會，與社會大眾脫離。訂出好的法律無人感激，訂出壞的也未受批評。他們依從內心的渴望，自然想讓家人過得衣食無缺。任期結束後，他們可以更換居住地，搬到其他城市或甚至國外，到一個就算違反常規也無人譴責或追究的地方。更換居住地或搬到國外對他們的財富沒有影響，只要他們有錢，到哪都買得到房子、食物和衣服。他們卻無法用錢買到祖傳家園、自己的家鄉。現代『家鄉』的概念已經扭曲了，大家都以為家鄉是由某人劃出界線的領土，但你要知道，家鄉永遠都是從祖傳土地開始，再慢慢集結與你志同道合的人。開始創造家園的人都能獲得家鄉和永恆，失去祖傳家園就等於失去家鄉和永恆，這對家庭是最大的悲劇。避免議員做出錯誤決定的並非法律或道德，而是祖傳家園。對於擁有家鄉的人而言，金錢不再是最重要的東西。只有在祖傳家園裡，人才能獲得必需的營養，包括讓大腦運作的營養，畢竟這對需要大量思考的人非常重要。議員每週進國會不應超過三天，剩下的時間應該待在祖傳家園，在那裡好好地思考，為立法奠定良好的進展基礎。議員的妻子不應從事與丈夫無關的工作。祖傳家園能讓議員至少暫時隔絕人工世界的訊息——人工訊息的影響，這樣有助於思考過程。偉大的哲學家都是在獨處時想出偉大的道理，而不是在眾人面前。」

「如果有議員不願拿土地建造祖傳家園呢？」

「所以我們才要選出人民的代表。如果有議員不願建造祖傳家園，人民就不應在下次選舉時選他。即使他在當選的國家中是公民，但他其實算是外國人，因為他不需要這個家鄉。不管他的評價有多高，他的行為都不會對人民帶來好處。」

「但萬一他們知道人民會支持擁有祖傳家園的候選人，說不定會有人拿了土地，建造有如皇宮的豪宅、蓋網球場、砌石磚牆，不依照阿納絲塔夏所說的那樣種樹林、種花園、種有生命的圍籬，那該怎麼辦？」

「他們會露出本性，人民就能對此做出正確的選擇。你知道為什麼每個俄羅斯人都會取父名嗎？因為古羅斯人在自我介紹時，都會說：『我是尼基塔家園的伊凡』，提到建造祖傳家園的父親或祖父。這表示擁有家園是很令人驕傲的。藉由提及家園，一個人可以盡可能地充分介紹自己、自己的個性和能力。如果無法自豪地提到自己的家園，就會被人視為舉目無親的人。」

隨著阿納絲塔夏的祖父談論祖傳家園，我腦海泛起令人愉悅的國家未來景象也越來越清楚。你們自己想像一下，想像一下！國會三百六十位議員，每人得到一百五十公頃的土地，建立三百六十座全新型態的美麗聚落。每個議員不再信口雌黃，而以實際行動證明自己的能力。

俄羅斯將會見證三百六十座綠洲的誕生。在這些綠洲中，俄羅斯人開始過著人類該有的生活。當這些議員再去立法時，自然就不會有任何傷害生態的法律通過。

他們會立法讓每位公民有權取得屬於自己的家鄉一角，他們會捍衛這樣的權利，因為他們也都將擁有自己的家鄉。

28 致《俄羅斯的鳴響雪松》系列的讀者

親愛的讀者：

由衷感謝你們的理解與道德支持，謝謝所有在網路訊息和季刊文章中公開發表意見的人，更謝謝大家透過媒體熱烈地討論《俄羅斯的鳴響雪松》系列中所闡述的理念。

謝謝俄羅斯的眾多學者，特別是鮑里斯．米寧（Boris Minin）。謝謝您大方地走上莫斯科州音樂廳的舞台，針對阿納絲塔夏的理念分享您寶貴的見解。

另也感謝一位優秀的演員，同時也是俄羅斯「榮譽藝術家」——亞歷山大．米哈洛夫（Alexander Mikhailov）。謝謝您前來參加大會。

謝謝經濟學博士維克多．梅基可夫（Viktor Medikov），您研究了書中闡述的理念，為此撰寫並出版了數篇論文。

謝謝教育科學院的安納托利．葉廖緬科（Anatoly Eryomenko）院士，您寫了幾首優美的詩：

獻給女神

無視年紀、健康或怠惰，
我來到妳的面前跪下，
只因我在妳身上，看見生命的禮讚。
妳——美麗的女神！
妳瞬間消散所有幻想，
擺脫黑暗勢力的侵擾。
閱讀妳刻劃的未來，
助我拋開所有悲傷。

我在妳身上看見人，

或許下一個世紀末，
我的子孫在女神間，
必會成為妳的化身。

我只在心中靜靜抗議，
抗議妳說「我存在！」
談論、思考妳不是罪，
所有人聽見又何妨？

為此我從內心發送光芒，
獻上我帶有生命的夢想，
回音來到夢裡或現實中，
在泰加林望見妳的影子。

獻給俄羅斯的長者

俄羅斯德高望重的長者，
對孤苦的我們沒話說嗎？
你們有深藍的漂亮雙眼，
將持續在世界上空發光。

持續以眾人之力，
喚醒昏沉的部落。
倘若無表達方式，
將分割塊塊雪松。

有如天賜的食物，
偷偷贈予走向永恆的人，

以這神祕的食物，
號召我們走向未來。
我們不再跪下雙膝，
我們頓時挺直腰桿，
所有的煩惱與怠惰，
莫到明天，現在就拋諸腦後。

一起聆聽數個世紀的聲音，
祂在上空直接對我們耳語：
你們是大自然唯一的兒女，
死亡和葬禮不是生命終結。

斷垣殘壁不是，
泥濘絕路不是。

唯有接受生命的教導，
與自然的連結才不斷。

我們擁有天空的力量，
來自地上和天上的神，
無形的手伸向我們，
喚醒我們心中的愛。

我們要如團結的兄弟，
彷彿心弦拉緊在弓上。
讓我們擁抱彼此，
發出明亮的光線。

等到春神眷顧著大地，

櫻桃樹綻放白色花海，
世上不再有任何苦難。
人類新的世代將來臨。

俄羅斯睿智的長者，
說任何一句話也好，
讓小夏充滿活力的快樂，
有如湛藍天空照亮我們。

謝謝哈爾可夫的教育局長維克多．帕弗羅維奇．加爾卡維茲（Viktor Pavlovich Garkavets）和數名老師，以及當地牽引機工廠的工人和行政人員。你們在這座烏克蘭城市辦了很棒的讀者見面會。

也謝謝其他城市舉辦讀者見面會的所有人。

謝謝德國和加拿大的俄國僑胞。

謝謝至今寫了超過五百首歌的吟遊歌者，以及把畫作寄給我們的藝術家。你們的作品都已放上www.Anastasia.ru，其中最好的幾個還會收錄在《俄羅斯的鳴響雪松》季刊中。本書封面就是其中一個。

謝謝數萬名讀者受到啟發而發自內心地寫信給我，謝謝你們在信中對我的書發表看法。

謝謝所有公開支持我的人，如果沒有你們，我的寫作之路一定會更艱難！

但我仍想與各位分享幾件事，特別是正打算公開支持阿納絲塔夏理念的公眾人物。

你們必須瞭解，這些理念仍然受到很大的阻力，而且對方顯然有備而來且有組織。到底是誰或用什麼方法散播不實謠言，至今仍不清楚。

你們要知道這點，再決定是否值得公開支持書中提出的構想。

身為過來人，我知道遭受毀謗與責難有多令人不悅，但如果受害的是你們——我的讀者，我會難過好幾倍。如果對方指名道姓地像是針對謝琴寧學校的師生，我又會更心痛。

我不希望再有人承受這樣的攻擊。

我不只是相信，而是確切地知道，阿納絲塔夏所架構的理念是無法被人汙衊的；當然有可能受到拖累而一時無法實現，但終究會在人的心中以越來越大的力量甦醒。

以我看來，現在最必要且重要的行動如下：

第一，在地方籌辦學校、課程和討論會，必須讓整體的祖傳家園和聚落計畫與地方特色結合。

必須研究當地生長的各種花草植物有哪些癒效，還要瞭解在當地氣候的自然條件下，可以種出哪些蔬菜和水果。

必須為自己的祖傳家園和聚落制定工作計畫，每個微小的細節都要顧到。

第二，必須邀請真正瞭解情況的專家，一起為俄國政府制定發展計畫。這得是全面的計畫，藉由祖傳家園的建立解決孤兒、難民和低收入戶的問題。每個家庭的富足可使整個國家富裕起來。

具體規劃每個細節，夢想一定會成真。

每個人按照自己的步調走，善用身邊的資源。

未來必定會有數十個、數百個祖傳家園和聚落的計畫誕生，也會有對個別區域和整個國家的經濟、生態和靈性發展計畫。

你們都知道，當我第一次見到阿納絲塔夏時，她站在西伯利亞的鄂畢河畔，穿著舊長裙和棉襖，綁著頭巾且穿著膠鞋。這位泰加林隱士看起來安靜且孤單。

但今天我卻覺得，站在偏遠的西伯利亞、腳上穿著膠鞋的是我們的俄羅斯。我們對未來的夢想孤伶伶地站在西伯利亞空曠的河畔。不過現在，這個夢想已經在我們心中了！

那個時刻一定會到來，我們的夢想會穿著美麗的晚宴服，自由且大方地行遍整個俄羅斯，甚至到達俄羅斯以外的地方。

在這個夢想中有個最偉大的能量，那就是**生命的能量**！

未完待續……

弗拉狄米爾・米格烈致各位讀者

目前網路上有許多網頁內容，主要在宣揚與《鳴響雪松》系列主角阿納絲塔夏類似的思想。其中不少網站冒用我的姓名「弗拉狄米爾・米格烈」（Vladimir Megre），聲稱自己是官方網站，並以我的名義回覆讀者來信。

就此我認為有必要告知各位敬愛的讀者，我決定自己設立國際官方網站 www.vmegre.com。這是唯一的官方窗口，負責接收來自世界各地、不同語言地區的讀者來信。只要您訂閱此網站內容，並註冊為會員，就能收到日後舉行讀者見面會的日期與地點，以及其他相關訊息。

我們網站將為各位敬愛的讀者統一發佈《鳴響雪松》在世界各地的最新消息。

弗拉狄米爾・米格烈敬上

鳴響雪松7　Энергия жизни

生命的能量

作者　弗拉狄米爾・米格烈（Vladimir Megre©）
譯者　王上豪
編輯　郭紋汎
封面設計　斐類設計
校對　郭紋汎、戴綺薇
排版　李秀菊

出版發行　拾光雪松出版有限公司
網址　www.CedarRay.com
書籍訂購請洽　office@cedarray.com

總經銷　紅螞蟻圖書有限公司
地址　台北市114內湖區舊宗路2段121巷19號
電話　02-27953656

初版一刷　2018年6月
初版二刷　2022年3月
定價　350元

原著書名　Энергия Жизни
弗拉狄米爾・米格烈
2003年於俄羅斯初版
網址　www.vmegre.com
郵政信箱　630121俄羅斯新西伯利亞郵政信箱44
電話　+7 (913) 383 0575 (WhatsApp, Viber)
電子郵件　ringingcedars@megre.ru
生態導覽與產品　www.megrellc.com

國家圖書館出版品預行編目資料

生命的能量／弗拉狄米爾・米格烈（Vladimir Megre）
著；王上豪譯. -- 初版一刷 -- 高雄市：拾光雪松, 2018.6
面；12.8×19公分. --（鳴響雪松；7）
ISBN 978-986-90847-7-2（平裝）

880.6　107009200